Falls Sie das Mundartbuch von Christian Schmutz statt lesen lieber hören wollen, können Sie bequem dem Autor lauschen.

AUDIO
BOOK

Das digitale Hörbuch wurde von André Rossier bei Mediapub Soundproduction in Freiburg aufgenommen.

Es ist online über folgenden Link zugänglich:
www.zytglogge.ch/digital

Melden Sie sich mit Ihrem persönlichen Code an, um die Audiodateien herunterzuladen:

WFH7-E9PT-3K4T-XF3W

Hinweis: Der Code ist nur einmal gültig und verfällt nach Gebrauch.

D1662537

CHRISTIAN SCHMUTZ
DAS CHÙNT SCHO GUET

Der Autor und der Verlag danken herzlich für die Unterstützung:

ETAT DE FRIBOURG
STAAT FREIBURG
WWW.FR.CH

Der Zytglogge Verlag wird vom Bundesamt für Kultur mit einem
Strukturbeitrag für die Jahre 2021–2024 unterstützt.

Deutschfreiburger Beiträge zur Heimatkunde Bd. 85

KULTUR NATUR
DEUTSCHFREIBURG

MIX
Papier aus verantwor-
tungsvollen Quellen
FSC® C083411

2. Auflage 2022

© 2021 Zytglogge Verlag, Schwabe Verlagsgruppe AG, Basel
Alle Rechte vorbehalten
Herausgeber: Kultur Natur Deutschfreiburg (KUND)
Lektorat: Angelia Schwaller
Korrektorat: Tanja Raemy
Covergestaltung: Mario Lampic
Audioaufnahmen: André Rossier, Mediapub Soundproduction, Freiburg
Layout/Satz: Layout/Satz: 3w+p, Rimpar
Druck: CPI books GmbH, Leck

ISBN: 978-3-7296-5070-1

www.zytglogge.ch

Christian Schmutz

DAS CHÙNT
SCHO GUET

Sensler Sagen-Krimi

ZYTGLOGGE

TEIL 1

1

Mùlhusersch Mynù, Stritts Fridù ù Fasùs Hubertla hii mit ùm Husmatt-Puur wöle ga Frùde mache. Aber dää, auso Pinggùs Töönù, wy di meischte imù sääge, het si nid yygglaa. «Faaret ab! Mit ööch Sackerpùntle wotti nüme z tüe haa.»

«Bùmm», isch d Tù̀ùr i ds Schloss prätscht ù di sächs chlyyne Tù̀ùr·pfeischterlini hii aso staarch tschäderet, dass di dryy Mane vor de Tù̀ùr sich d Ùùge gschùtzt hii, faus es di Schyblini verjagti. Das «Bùmm» het zwaar i iines Chopf no naagschwùnge, aber das het si nid yygschùchteret. Si hii di truurigi Erschyynig vo Pinggùs Töönù nit aso ùngraad wöle la staa.

«Chomm, wier nää no a Aalùùf. Iina möge mer no», siit de Mùlhuser. «Iina hii mer ging no möge», git de Fasù zrùgg. Schliesslich hii sich dä Gmiinraat, dä pensioniert Inscheniöör ù dä aut Chreemer im Dorf dä Aabe reserviert ghääbe.

Si gaa dismaau bi de Hindertù̀ùr ga probiere. Ù ggùgg: Ds Agnes, d Frou vom Husmatt-Puur, tuuft det ù siit: «Eh, dasch de schöön, dass der maau zùhaschnaagget. Chämet ycha, de Toni chùnt de graad.»

As par Mynutte speeter chùnt de Töönù tatsächlich vom Hüüsli usa ù i d Chùchi, d Hose no haub offe. Är gseet di dryy ùm e Chùchitùsch hocke ù ds Agnes Ggaffi serviere. De Töönù höüments·tonderet gwautig. Aber itz isch scho z spaat. Niemer sou mù chene voorhaa, a sym Chùchitùsch cheeme mù schlächt behandlet. Är streckt sich ù riicht d Schnapsggùttera vom Chùchipùfetli obenaha. Mit Schwùng stöüt er si ùf e Tùsch. Oho! Da hii de di dryy

sofort ggwùsst, was mù z Mariahùùf ùne mues i ds Opfer-
blatti lege.

Si hii nit vùù mee ggredt aus «Gsùnhiit, gau». De Töö-
nù scheicht ging ùmmi yy, ù synner Gescht litze iis Gglesli
zcheeret ùm. «Gsùnhiit, gau.» De Husmatter ggùgget ging
zeersch de andere zue, näy exet er sys Gglesli hindernaa.
Moou dùù, itz hii si scho afa lafere ù liere. Stritts Fridù
het gsiit: «Fùr früü hiim isch scho z spaat, fùr spaat hiim
isch no lang früü gnue!» Gglamentiert hii si nùme ùber
augemiini Ereignis ù ùber Lüt, wo nid i der Chùchi hocke.
Nüüt Heikùs hii si aagsproche, anann wytter zueproschtet
ù gglachet ù debyy määrterlichi Chläppere verwùtscht.

D Frùdensschnäpslini hii ggwùrkt. Si hii a dem Aabe
nid iinisch gstùùrmt ghääbe. Eerlich gsiit, hii si o scho
gaar nümme ggwùsst, wysoo dass si i de lötschte Jaar
Chrieg ghääbe hii. Dasch scho soo lang verchachlet gsyy ù
itz – auz kis Probleem mee. «Gsùnhiit, gau.»

Nach 24 Maau probiere sich z verabschiide, isch es de
gäge haubi iis zue doch no a ds Hiimfaare ggange. «Hau-
bi? Ging a gueti Zyt fùr hiim», het de Fridù bbröösmelet.
Si sy nùme mit iim Outo ùnderwägs gsyy, aber a jeda hetti
gäär im andere de Vortritt gglaa fùr a ds Stùùrraad z hocke.
Endlich het de Armin Mùlhuser gsiit: «Ebe haut, gùb mer
dä blööd Schlùssù.» As isch ja schliesslich nùme epa zwee
Kilomeeter fùr zrùg i ds Doorf. Ù liecht nidsi. Ù äär isch
Gmiinraat hie.

Guet, de chùrzsichtig Mùlhuser fùndt syni Brùla nüm-
me. «Aba, di chùnt de scho vùra», siit er ù faart glyych
loos. Bim Hiimzwauble gäbe di zwee andere allerlei Kon-
syne. Di zwee Byyfaarer plöffe, dass sii di Bùtti vùù gree-
der ùf de Straass chenti häbe. Aber das bringt dä Faarer
eersch rächt näbenusi. Iinisch streife si rächts ds Pöörtli,

näy sy si komplett ùf de linggi Sytta ääne. Zùm Glùck chùnt graad niemer aggäge. Ui, si schlötterle wytter.

Epa i de Mitti vo der Amokfart chää si bi ra Maria-Staatue am Straasserand verbyy. De Mùlhuser het geei ùberi ù giit ùf d Chlötz. Mitz im Meiebeet vor dem Bätt·staziöönli hautet – de vorder rächt Pnùù. Au dryy styge flingg uus, kye ùf d Chnöi ù fee de Muetergottes afa danke, dass sis bis hie gschafft hiigi.

«Wier chenti no as Cheerzli aprene», siit de einta ù chraauet sich am Oor.

«Ja, dass de Härgott im Hùmù o nachts gseet, dass mer dankbaari Lüt sy.»

«Ù natüürlich wii mer ne o bitte, de Räschte vo de Hiimfart o no ùnfaufryy z gstaute», schliesst de dritta.

Iina zcheeret ùm probiert, as Cheerzli aazzùnte. Jùù, aber daas mit Füür mache, dasch de nid aso iifach mit füechte Zùndhöüzlini ù ma stùùrne Grinn.

«Dù, het nid as Outo o a Cheerza drin?», fragt schliesslich de Alfred Stritt syne Koleege.

«E jaa. Bi mier cha me re o chùùffe», git de Chreemer Fasù z Antwort.

«Ebe tuuf amaau dyni Motoorehuba. Nää mer doch dia druus», mint de Armin Mùlhuser. «Wiisch, am Moorge am iis ggùgget de Härgott nit so gnauu häre.»

Ù epa asoo hii sis de o gmacht.

2

Wa de aut Husmatt-Puur am nächschte Moorge mit de Müüch i d Cheeseryy isch, da het er nit schlächt gstuunet. Stiit doch det im Stritt Fridùs auta Renault mitz vor ùm Maria-Staziöönli; de rächt Vorderpnùù im Meiebeetli; d Motoorehuba offeni, wy we ds Outo wùrdi bätte. Ù schùsch wyt ù briit niemer. Was sou ächt daas itz bedütte? Pinggùs Töönù het sich a de Glatza gchraauet, syni Brùla ggrichtet ù isch de wytter i d Cheeseryy.

Bim Znüüni·thee lüttet i de Husmatt ds Telefon. De Mynù, de Fridù ù d Hubertla sygi nüüt hiim choo lötscht Nacht, siit im Fridùs Frou. Ob Pinggùs Töönù epis wùssi? «Nüüt Apartigs», siit dää mit era extreem tùùffi Stùmm. «Di dryy chää haut ifach aut – ù möge nümme suuffe.»

Är het no ùf de Zùnga, dass mù Chaublini, wo nümme cheni oder wöli suuffe, müessi druus tue. Aber dä Satz het er de graad no chene ayschlùcke. Schliesslich hii ja denes Froue ù Chinn gchùmmeret.

Mùderig verzöüt de Husmatter sym Schwigersoon di Beobachtig vom Moorge. Dää, de 44-jerig Beat, tuet offiziell puure, zyt de Töönù vor ma Jaar pensionierta choo isch – ù demit kinner Diräktzaalige mee ùberchùnt. Aber «Scheff» isch de Auta bblùbe – ù awä no lang. Ggrüemt het er im Beats Püez ùf ùm Puurehoof no kis einzigs Maau. Ja, dä het ja scho ggwùsst, was fùr na päägguhääriga Kùndi Pinggùs Töönù mengisch cha syy. Aber ma muess ne nää, wyn er isch – ù nid auz, won er siit, ùf d Goudwaag lege.

Aber dass im Töönùs aute Koleege, won er früer vùù mit ne z Bäärg isch oder a d BEA oder iinisch sogaar a d Olma, dass dii mit iim hii wöle cho Frùde mache, das het de Beat wùnderbaar tüecht. Är het i de lötschte Jaar gspùrt, dass das Gstùùrm im Töönù a ds Läbiga giit. Aber dä hetti natüürlich nie epis aatöönt oder nie epis deggäge gmacht. Das hetti sy Stouz nie zuegglaa.

Aber ebe: Itz sy di dryy Feinde zwaar ùmmi synner Frùnde, aber si sy fort ù niemer wiis wona.

As isch hüt graad eener ruhig ùf ùm Hoof ù de Beat verspricht im Schwigervatter, dass äär ù ds Lisi, syni Frou, sich ùm di dryy wöli kùmmere: «Das git sicher a iifachi Erkläärig.»

«I wott o häüffe», siit d Kira, iines Sächsjerigi, wo o am Znüünitùsch hocket. Ds Lisi schùttlet d Chopf: «Aba.»

Bim Muetergottes-Staziöönli am Straasserand feet de Beat afa sueche. D Wäägchnächte schleppe daa graad de aut Renault ab. Das sygi doch kis Gsee! Zmitz vor dem Andachts·platz, wo si eersch graad lötscht Wùcha fùr e Früeling paraat gmacht hii.

De Beat stùdiert di Outospuur ù macht as Föteli. As par Schwyneblueme ù de Chlee lùpfe langsam ùmmi de Chopf, di meischte hii aber iines Lääbe uusghuuchet.

Was wachst hie ùma ùberhoupt? Allerlei Früelingsboote, auso Chrüttlini wy Schaafgaarbe, Hùrtetäschli, Toubnessle, Girsch, Scharbocks·chrutt ù det ääne Faarn ù Spitzwäägerich. Auz säüber errùne. As soorget haut niemer ùm das Staziöönli ùm fùr na englischa Raase. De Beat ggùgget no bitz ùma, fùndt aber kinner bruuchbaari Spuure.

De Jùnga vo de Husmatt giit wytter i ds Doorf. Det giit er vo de Doorfbeiz bis zùm Wiler hinderi, wo Fasùs Hubertla woont. Aber niemer, won er fragt, cha epis sääge. O ds Lisi losst ùma ù fùndt nüüt usi. Di dryy schyyne sich i Lùft uufgglööst z haa.

Sùbe Taage drùf chùnt d Kriminaaupolizyy ù nùmmt Pinggùs Töönù mit. D Polizyy het a Ùndersuechig yyggliitet ù är isch verdächtig oder mindeschtens a wichtiga Züge. Schliesslich isch de aut Husmatt-Puur de lötschta, wo di dryy Mane gsee het – ù de eerschta am Moorge, wo bim Staziöönli ù bim Outo zùygfaaren isch.

Nach sùbe Stùnn Befraagig laa d Kriminaaupolizischte Pinggùs Töönù hiim – si chii mù nüüt aaheiche. Aber är müessi i de näächschte Wùche devaa uusgaa, dass si no mee wetti wùsse. De Töönù het nùme awee ùlydig ùs de Wösch ggùgget ù mit de Achsle zùcket. Fùr e Beat ù ds Lisi isch itz no klaarer: Si müesse ùnbedingt epis usifùne – scho nùme fùr e Pappa z rette.

Dryy Taage speeter chùnt de pensioniert Inscheniöör Alfred Stritt hiim. Wär ne kennt, isch sicher, dass er diräkt a Stammtùsch di nüüschte Faareni giit ga lose ù ga verzöle. Aber nüüt daa – hüt niit. Dä abgmaageret Grööggù treeit sich vo de Beiz awägg ù giit hiimzue. Einzig im Sigrischt, wo mù ùbere Wääg lùùft ù fragt, won er gsyy sygi, siit er chùùrz aabbùne: «Z Frankryych ääne.» Ù näy giit de Fridù gredi zù Frou ù Chinn ù Hùnn – ga sääge, dass er no chrablet.

Langsam setze di gwùndrige Lüt im Doorf i de Taage drùf Informations-Bröösmelini zäme. Är sygi irgendwie erwachet, won a Hùnn iim über ds Gsicht gschläcket hiigi. Das Schläcke hiigen er mit ùm Blässù dehiim i Verbindig bbraacht.

De Hùnn det het ema Schääffer köört ù ùs Schääffer hiigi de Fridù offebaar i dene Taage o gschaffet ghääbe. Är sygi so ùf era Hochääbeni gglääge ù hiigi eersch mit de Zyt usigfùne, dass er i de süüdliche Uuslùùffer vom Massif Central gglandet sygi. Vergääbe het er probiert sich z bsùne, wyn er dethäre choo isch.

Är sygi gruusig biliga gsyy, vo Hùnger ù Tùùrscht gaar nit z rede. Über zwoo Stùnn hiigen er müesse schuene, in a Bäärgwääg ay zùm näächschte Döörfli. «Das isch de z Hùnn am Fùdle, no eerger aus Santifaschtùs», siit de Fridù. Är het de gmeerkt, dass mù nit nùme as par Stùnn feele, sondern genau sùbe Taage ù sùbe Stùnn.

Schùsch isch es ruhig ùm e Stritt. Är het sich yygschlosse. Ma chenti miine, dass er sich schemti für dä wäüts Blackout. Vo syne zweene Fründe wiis er nüüt.

3

Drüü maau sùbe Taage speeter lüttet a Husiereri bim Lisi i de Husmatt a de Tùùr. Si het allerlei säübergmachti Sùùffe, Ööu, gsammleti Schwùmm ù Chrüttlini z verchùùffe. Ds Lisi chùùft as Päckli Chrütterthee ù no Chùrbse- ù Sùnebluemechäärne fùr im Maa i ds Zmoorgemüesli. Näy rede si no zäme ùber d Verdouig, maanetlichi Bluetige ù allerlei Mittelini ù Näbewùrkige. «Da mues mù ging uufpasse», siit d Husiereri. As geebi zùm Byschpùü Pflanze, di sygi zwaar guet gäge Wùùrm. Aber ma säägi o, dass d Lüt sich totaau cheni verlùùffe, we si det drùf tschaupi.

Bim Znacht verzöüt ds Lisi iiras Maa, daas mit ùm Verlùùffe hiigi si i ds Grùble bbraacht. «Was sy daas fùr Chrüttlini gsyy, det bim Bätt·staziöönli?» De Beat probiert sich z bsùne ù lüttet sogaar no de Wäägchnächte aa. Zäme chää si ùf sächs. De Beat isch aber sicher, dass er sùbe Chrüttlini zöüt het. Irgendwie het er sich di Zaau 7 gmeerkt.

I de Nacht drùf am Moorge am drùü spickt er ùs ùm Haubschlaaf: ds Föteli! Är het doch mit sym Handy d Outospuure gföttelet. Är ggùmpet uuf, zù sym Tschoope i Gang usi ù feet afa sueche. Hie isch es: Schaafgaarbe, Hùrtetäschli, Toubnessle, Girsch, Scharbocks·chrutt, Spitzwäägerich ù Faarn. «Genau, Faarn hani vergässe!»

De Beat cha nit zrùg i ds Bett. Är giit zùm groosse Pflanze·bestùmigsbuech. Auso ds Uusgsee isch klaar. Ù d Wùrkig? Är suecht ù fùndt: «Ds Faarn het zaggetti Bletter wy Blitze! Das bringt der Studa a dämoonischa, häxemäässiga Ruef.»

Dasch nümme vo schlaaffe. De Beat wiiss zwaar, dass am füüfi de Wecker giit fùr i Stau. Aber itz mues ersch wùsse. Di meischte Gwächs i de Schwyz hiisse «Tüpfel-farn». Di sygi gfäderet, tùpflet – ù z Abermilioone Jaar aut! Stöü der voor, iini vo de öüterschte Pflanze ùf de ganzi Wäüt.

As stùmmt vo dem Züüg im Internet awä nid auz. Aber ds Faarn regt im Beats Fantasyy aa: Hie müesse si aasetze. Flingg, ja scho fasch ggjùflet, mäüchet er a dem Moorge d Chüe, pùtzt ù macht im Stau fertig. Mùglichscht baud wott er a Zmoorgetùsch chene ù sich mit ùm Lisi ga uustuusche.

Das Gsprääch mit ùm Lisi isch de no ergyybiger, aus er gmint het. Si notiere allerlei ù mache am Schlùss a Lyyschta mit Stichwort ù Fraage zù Faarn: «Blätter wie Blitze, dämonische Kraft; man kann in unbekannte Gegenden geraten; versehentlich darauftreten; ist es gefährlich?; hat es etwas mit der Jahreszeit oder dem Standort zu tun?; hat es etwas mit Maria oder dem Herrgott zu tun?; Hausiererin fragen.»

Si mache ùf zwùùne Bletter a Uuslegeoordnig wy d Ermittler im a Krimi. As isch beidne klaar: We sii im Pappa wii häüffe, gaa di näächschte Schritte i di Richtig. Di tiile si uuf. De Beat redt nomaau mit Stritts Fridù. Ù är wott ds Internet na Prichte dùrchforschte. Het scho maau eper Äänlichs erläbt?

Pinggùs Töönùs Lisi suecht Aasatzpùnkt zù Heil- ù Chùchichrütter i de Pflanzebüecher. Si fùndt zù «Verirrchrutt» a interessanti Ùmschryybig: «Das ‹Verirrkraut› ist ein rätselhaftes, oft namenloses oder ungenanntes Kraut, das die dämonische Kraft hat, jemanden, der nachts darauf tritt vom rechten Wege abzuführen, – so dass er in ganz unbekannte Gegenden gerät.» Chenti ächt Faarn ù Verirrchrutt ds Glyycha syy?

Ù äbe, ds Lisi suecht di Husiereri. Dasch gaar nit so ii-
fach: Au Nachpüürine wùsse, vo wem dass si redt. Aber
niemer wiiss, wy di Frou hiisst ù wo si woont. «Das Piiti
het dä Link zùm Verirre bi ggwùssne Pflanze ùs hiiterùm
Hùmù ggää. I gglùùbe ging, di wùssi epis», siit si im Beat.

Da chùnt de pensioniert Chreemer Hubert Fasù hiim. Wär
ne kennt, isch sicher, dass er diräkt a Stammtùsch giit.
Aber dä abgmaageret Grööggù treeit sich vo de Beiz
awägg ù giit hiimzue. Einzig im Sigrischt, wo mù ùbere
Wääg lùùft ù fragt, won er gsyy sygi, siit er chùùrz aabbù-
ne: «Z Tschechie ùsse.» Ù näy giit d Hubertla gredi zù
Frou ù Chinn ù Lääsesässù – ga sääge, dass er no chrablet.
Langsam chùnt de o di Gschùcht uus. I dene Wùche hii-
gen er ùs Clochard z Ostrava ùf de Straass ggläbt, men-
gisch nachts nùme zueteckt mit era Zyttùng. Ù iinisch hii-
gen er gmeerkt, dass er a tütschi Zyttùng verwùtscht ù di
Spraach verstane het. Är het jedes Fenzeli gglääse. Wo det
vo «Alain Berset» ù vo «Gottéron» d Reed gsyy isch, isch
er irgendwie erwachet. Bi dene Wörter hets klick gmacht;
da het er ummi ggwùsst, won er häreköört. Aber d Frou
het mù de zeersch müesse Gäüd schùcke fùr nüi Chliider,
a Baad·yytritt ù d Hiimriis. De Fasù verzöüt, är hiigi de
gmeerkt, dass iim nit nùme as par Stùnn feele, sondern ge-
nau drüü maau sùbe Taage ù drüü maau sùbe Stùnn.

De Fasù isch zwaar hiim im aute Autaag, aber ziigt sich
nüüt im Doorf. Är schynt sich z scheme fùr das Intermez-
zo ùf de Straass ù dä wäüts Blackout. Vo Mùlhusersch
Mynù wiis er nüüt.

4

«Das chùnt scho guet», siit d Christine Riedo sùbe Taage drùf am Chùchitùsch vo de Husmatt. Di jùngi Voukskùndleri ù Forscheri het as chlyys Ggaffi vor sich – «mùglichscht weenig Wasser, ki Mùùch ù ki Nydla». Vis-à-vis hocke gspannt Pinggùs Töönùs Lisi ù iiras Maa, de Beat. Ds Lisi het zyt dryyne Taage auz dragsetzt, a settigi Experti hie a Chùchitùsch z bringe. Lang het si vergääbe na de Husiereri gforschet. Drùm het ds Lisi ùf anderne Wääge probiert, zù Informatione z choo. «We üüs doch endlich eper chenti häùffe!», het si de iiras Maa gchlagt.

Am Taag drùf het si im Doorf a Aaschlaag von era Voukskùndleri gsee. Si suechi Lüt, wo iira fùr na Forschigsaarbiit cheni Uuskùnft gää ùber Begägnige mit ùbernatüürliche Gstaute. Ds Lisi het sofort gmeerkt: Daas mit Häùffe chenti i beid Richtige gaa. Di Forscheri chenti *iine* häùffe! Di isch sicher guet uufgstöüt mit Wùsse ù Vermittle.

«Wöli Spuur isch de di jùschi?», fragt itz ds Lisi ù stöüt as par Byssguyy ùf e Tùsch.

«Da hiit er ganz a Huuffe gueti Spuure», antwortet d Christine Riedo gheimnisvou. Si weeit debyy ùber dii zwùù vougschrùbne Bletter ùberi. «Faarn isch guet gäge Wùùrm ù schùsch no allerlei.»

Di groossi, awä epa de 30-jerigi Frou Riedo chùnt itz lyysliger ù verzöüt läbhaft ù mit groosse Ùùge: «Aber Faarn isch i de Saagewäüt vor alùm defùùr bekannt, dass es nùme i de Johannisnacht z Mitternacht teegi blüe ù nùme i de glyychi Nacht Saame geebi. Ù wärs schafft, mit bsùndere Beschwöörige oder im a gheime Zouber di Saame uufzfaa, hohoo! Dää oder dia cha d Spraach vo de Tiereni verstaa; cha sich ùnsichtbaar mache; cha nümme toub oder stùmm oder impotent choo.»

Yydrùcklich, wy spanend di Experti cha verzöle. Im Lisi ù im Beat blyybe d Müller offeni. Son a Gheimwaffa wee natüürlich praktisch – i verschidene Lääbeslaage. «Vor 400, 500 Jaar isch as ùnglùùblichs Züüg ùn as Gglùùf gsyy», verzöüt d Voukskùndleri vo de Uni Frybùrg wytter. «D Jagd na Faarnsaame isch z Europa extreem populäär gsyy. So übertrùbe, dass di oberschte Chùüchelüt im Konzil vo Ferrara 1612 beschlosse hii, dass mù i de Johannisnacht nümme törffi ga Faarnsaame sammle. Fertig, basta.»

«Ù de näy?», fragt de Beat ùngedùudig. Är kennt d Gschùcht «Vom Farnsamen» ùs ùm Buech «Sagen und Märchen aus dem Senseland». Da giits genau ùm au di Schwirigkiite, a dä Saame härezchoo. Nùme eper, wo ùnverhofft i Bsitz vo dem Saame chùnt, cha d Spraach vo de Tiereni o verstaa.

Di chlyyni Kira hocket obe am Tùsch, spùüt mit Houzchlötz ù losst mengisch chli zue. Si nickt ù schmùnzlet; si het das Gschùchtli o gäär. Vor alùm wäge de Hùne, wo mù verstiit, we mù Faarnsaame im Schue het. Ù was di Hùne anann fùr koomisches Züüg zuebrüele. De Papi het daas guet chene naamache.

D Forscheri Riedo meerkt, ùf waas ass de Beat usiwott: «Wyl es so böös isch, Faarnsaame z bechoo, het menga sogaar as Gschäftli mit bööse Giischter abgschlosse. Isch nit ging guet usichoo …» Ù as hiigi o Lüt ggää, wo bim Sammle a Feeler gmacht hiigi – ù drùm näy im Tüüfù köört hiigi! «Dasch de fùr uufzpasse.»

Im Beat macht daas gruusig Yydrùck. De Gascht verzöüt wytter, itz aber sachlicher: «Zyt Mitti 19ts Jarhùndert wiis mù endlich, wy ds Faarn sich fortpflanzet ù verspriitet: I de dùnkle Pùnkt ùne a de zaggette Faarnbletter het es nit Saame, sondern Spoore. Aber a settigi lengwyligi Fortpflanzig het im Faarn de Zouber gnoo. Au di Röibergschùchte hets ja vor alùm ggää, wyl mù ds Gheimnis vo der Fortpflanzig nit kennt het.»

De Beat nickt ù rùmpft glyychzytig d Naasa. «Ù itz gits kinner Gschùchte zùm Faarnsaame mee?»

«Momoou. Aber äbe: D Lüt gglùùbes ging weniger mee.»

«Aber bi üsùm Probleem itz: Chenti daa ds Faarn a Rola spiile?», fragt ds Lisi.

«Schoo», antwortet di jùngi Forscheri.

«Si sy i der Nacht ùf das Verirrchrutt tschaupet!», bilanziert de Beat.

«Gseet fasch so uus», siit d Christine Riedo, nùmmt de lötscht Schlùck vom chaute Expresso ù schwügt.

Pinggùs Töönù ùbrigens schwügt oo zù der ganzi Sach. D Polizyy het ne zwaar verdächtiget – aber är schynts z gniesse, das Interässe a iim. Ù o: De Fridù ù d Hubertla hii ne entlaschtet ù si rede ùmmi zäme. Dasch doch tipptopp. Wysoo epa de Fridù z Frankryych ääne gglandet isch, interessiert de Husmatt-Puur nüüt. Är richtet sich nùme d Brùla ù siit: «Dä Tonderschhagù het epa no as par auti Franc wöle ga verchlöpfe.»

5

Ebe, ds Verirrchrutt! Si hii graad no usigfùne, dass d Maria d Schùtzpatroonin vo de Verirrte ù vo de Verfaarene isch. De passt daas zù der Muetergottes-Staatue. «Drùm bùni o sicher: Mùlhusersch Mynù isch o scho ùnderwägs fùr hiim», siit Pinggùs Töönùs Lisi, we d Experti ggangen isch. «Dasch a Fraag vo de Zyt.»

De hii Husmattersch daas itz usigfùne. «Rätsel gelöst!», siit de Beat zfrùde. Auso d Mission erfùüt, wo si im Töönù versproche hii. Genau im jùschte Moment: Aafangs Meie, ds Höje stiit vor de Tùùr. Da het de Beat ki Zyt mee fùr andersch.

Aber scho am näächschte Taag siit ds Lisi iiras Maa am Aabe im Bett: «Irgendwie laat mier das Verirrchrutt ki Rue.»

«Fee nit schommi aa. Am füüfi isch de ùmmi fùr uuf», git de Beat zrùgg. Aber är ergänzt de glyych: «Isch guet. As andersch Maau chii mer gäär drùber rede. I ha näämlich o no di einti oder anderi Fraag.»

Scho zmoonerisch nach ùm Zaabenässe ergit sich d Gglägehiit. «Wen i aube as Sudoku oder as Chrüzwort·räätsù fertig ha, de hani son as zfrùdes Gfùü», siit de Beat. «Das isch itz hie nit choo.»

«Ebe, mier giits genau glyych», bestäätiget ds Lisi. «Müesse mer ächt di Husiereri doch no fùne?»

«Jää, mier giits nam Faarn no ùm andersch: We dii da im a frene Lann gglandet sy, müesse si ja irgendwie häre·bbyymet choo syy. Irgendwie hii iines Körpere doch dä Wääg gmacht. Das giit nit i my Chopf yy, wäge dä isch naturwùsseschaftlich treniert.»

«Stùmmt. Ùn i ha mier gfragt», siit ds Lisi, «wysoo hets graad di dryy ù niemer andersch verwùtscht?»

«Ja, ù wysoo graad det? Ù wysoo i der Nacht?»

«Tüecht mi äbe oo! D Johannisnacht isch ja eersch dia ùf e 24. Juni. Ù itz isch eersch Meie.»

«Di Geschùcht het fùr mier no menga Haagge», isch fùr e Beat klaar.

«Wy hiisst dä Platz det bir Muetergottes-Staatue iigentlich?»

«Staziöönli.»

«Neei, de Naame vo dem Houz oder im Sträässli vor ùm Houz?»

De Beat zùcket mit de Achsle: «Tanehouz hii mer dem gsiit. I wiiss nüüt andersch.» Är nùmmt schliesslich a uurauti Siegfried-Chaarta vo zùnderisch im Sekretäär vùra. Ds Blatt «Fribourg» sygi vo 1874. Ù det drùf feet de Beat afa sueche: «E ggùgg dùù, tatsächlich: Da stiit Gaugehouz – ù voorzùy de Gaugeblätz.»

«Gfùrchiga Naame … de auso scho lieber Tanehouz.»

«Wier müesse awä dene zweene glyych nomaau ga fraage, ob ne vilicht de Giischt vo eperùm begägnet isch, wo det ùf dem Gaugeblätz gstoorben isch.»

Wy sis ddeicht hii, mache sis: Si lütte im pensionierte Chreemer Hubert Fasù aa. Dä erchlùpft chli ùber das Naafraage. Aber är bestäätiget de tatsächlich: «Momoou, a Giischt hani i der Nacht guet gspùrt. Aber i ha ddeicht, das sygi ifach dää bi mier im Buuch, wo hindertsi usi wott. Mee chani o nùmme sääge.»

«Isch dier mit ùm Faarn spezieu epis uufgfale?»

«Neei, tschùudigùng. Blackout.»

«Het eper devaa ggässe? Blooses Faarn sygi gùftig.»

«Totaala Blackout.»

Ùf dem Wääg chää de Beat ù ds Lisi offenbaar o nit wytter. Si nää as Ggaffi ù heiche no bitz de Gedanke naa, we ds Telefon lüttet. D Voukskùndleri Christine Riedo isch dran. Di zwùù tüe ds Telefon ùf Lutsprächer.

D Frou Riedo siit, si hiigi wytter a iines Gschùcht gforschet ù no ds einta oder andera usigfùne: «Au di Saage ù Gschùchte, wo i de lötschte 100 Jaar vom Faarn no verzöüt choo sy, hii nümme mit ùm Johannistaag z tüe. Di dämoonischi Pflanza isch itz offebaar o i anderne Jaareszytte wichtig.» Ù d Frou Riedo fragt naa: «Daas vo de Wouf·iich hiit er köört?»

Ja, de Beat hets Mitti Meerze im Radio köört ghääbe: I de Wouf·iich isch as Schaaf ùs ema Stau usi verschwùnde. As isch am nächschte Vùrmittaag dùsse am a Öpfùbùùm uufgheichts gsyy ù het Biss·spuure ghääbe. Niemer wiiss, wär daas chenti gmacht haa.

«Dasch i de glyychi Nacht passiert», präzisiert d Forscheri.

«Dier miinet, di zwùù Ereignis chenti epis mitenann z tüe haa?», fragt ds Lisi.

«Das wiisi no niit. Aber det hets emù o Faarn i de Nööchi.»

«Müesse mer ächt d Polizyy yyschaute, Frou Riedo?», siit ds Lisi.

«Di sy beidnen Oorte scho gsyy. Neneei, da chää mer scho säüber ùf d Löösig. Wier sy ùf guete Wääge.»

6

«Faarn isch guet gäge Wùùrm», widerhoout ds Lisi mit ema Chrütterbuech ùf ùm Schooss. Ma bruuchis aber o gäge Rheuma, Giecht ù gäge Soodbrene. Oder a Tinktuur ùs de Wùùrzle vom Faarn häüffi gäge Wadechrämpf.

«Aber loss itz: Wadechrämpf hii emù di aute Frùnde nid ùf Frankryych ù ùf Tschechie la ggùmpe. Ù akuti Chrämpf het awä o ds gschändet Schaaf vo de Wouf·iich nit ghääbe», schùttlet de Beat de Chopf. «Dasch nùme awee Aberglùùbe vo de Seisler!»

Aber as stùmi haut äbe glyych, laat ds Lisi nit lùgg: «Im Mittùauter het mù im Faarn maagischi Chräft zuegschrùbe. ‹Häxechrutt› het mù dem o gsiit.»

«Dasch no baud mùglich. Das gfäderet Züüg gseet ja uus, wy we si im a Vogù ds Fäderechliid gstole hetti.»

«Faarn? Aba, Chutzemùscht!», kritisiert Pinggùs Töönù, we ds Lisi ù de Beat imù chùùrz drùf vo dene nüüschte Spuure verzöle. «D Johannisnacht isch ja eersch im Juni.»

«Genau», siit ds Lisi. «D Nacht ùf e 24. Juni, am Gebùrtstaag vom Johannes der Täufer. Aber i der Nacht geengis nùme ùm ds Verstaa vo de Tiereni ù anderi Glùcksmomente fùr d Lüt. Mit ùm Verlùùffe hiigi das Datùm äbe nüüt z tüe. D Frou Riedo hiigi iine daas erkläärt.

«Cha jedi sääge», brùmmlet de Töönù.

«Wier chii si ja maau fraage, ob si dier daas cheni ziige im a Fachbuech. Vilicht glùùbsch es de denn.»

«Tùmms Gglafer», bradlet de aut Husmatter ù giit usi. Asch scho lang so: Auz, wo vo Frybùrg wùcha chùnt, isch iim suschpäkt. D Uni äbeso wy nüi Aawyysige ù Gsetz fùr d Landwùrtschaft.

As töönt für e Beat fasch, aus ob Pinggùs Töönù epis deggäge hetti, dass si recherchiere. Jedi Spuur vernüütiget er. Debyy mache sis ja nit zlötscht für iim. De Beat fragt bi syr Frou naa, aber ganz hùbscheli. Schliesslich isch es iiras Vatter.

Ds Lisi siit nüüt drùf. Si het a anderi Theoryy für ds Brùmmle vo Pinggùs Töönù: «Vilicht hetti äärs lieber säüber usigfùne, aus sym Schwigersoon de Vortritt z laa? Wiisch ja, wyn er dyni Püez cha rüeme – nie as guets Wort.»

«Oder vilicht wott er ja gaar nit, dass eper epis usifùndt?»

«Hä? Minschù wùrklich?»

«Ja, bi dem Züüg isch emù nid iifach z gsee, wär waas gmacht het oder äbe niit. Wär zù de Guete köört ù wäär niit.» De Beat deicht sy Satz wytter ù heicht de aa: «Guets Stichwort iigentlich. Heschù epis köört vo der Husiereri, wo denn vom Verlùùffe het afa rede?»

«Neei, gopf! Wyn a Schärmuus, wo sich im Bode yyggraabe het.»

«I bù sicher, di het epis demit z tüe. Blyybe mer dran.» Itz muess de Beat aber zeersch ga d Kira i ds Bett tue. Höchschti Zyt für ds Guetnachtgschùchtli.

Ds Lisi blybt hocke ù stùdiert a ra anderi Persoon ùma. Was macht ächt de Mùlhuser? Het ersch frùdlich, det won er isch, het er Auptrùùm? Oder schlaaft er sogaar eewig?

7

De prueflich Autaag het d Puurelüt i de Husmatt flingg yyghoout: Seeje, setze, graase, jemde ù au Taage d Tiereni versoorge. Dasch nit fùr z louere. Aber itz, epa dryy Maanet nam Abtouche vo Mùlhusersch Mynù, Stritts Fridù ù Fasùs Hubertla passiert ùmmi epis.

Am a Midwùche Mitti Juni tuet im Saageloch bi Gùfersch as Chaubli nümme guet. As brüelet möörderisch ù schleet uus. Mit de Hinderbii macht es as Stau·pfeischterli dùri. As grüüft di andere Chaublini ù Ggùschtini aa ù byysst si. As treeit komplett dedùùr ù ki einzigi Maasnaam nùtzt epis. De Puur muess das hassig Näbenusi·tier druustue.

Zwoo Nächt drùf passiert o i de Nööchi vo de Frybùrger Ùnderstadt epis. Im Gauteretaau het es früer o ganz fiischteri Gstaute ggää. So wy de grüselig Miischter über allerlei Giischter, Lindwùùrm, Draache, Stolewùùrm ù Schlange im Taau. Vo dene sy nächtlichi Wanderer, aber o d Puure ù d Pächter i de Ùmgäbig drachoo. Ùf tuusig Aarte hii di Chätzersch·kärlini d Lüt ù d Hustiereni plagt ù quääut ù gschändet. D Chüe hii vor Engschti wy blööd a iines Chettene gschrisse. Iinisch wee zwoo fasch erstickt, wyl si bim Ùmaggùmpe a Chnopf i iines Chettene gmacht hii.

I Saagebüecher hets ghiisse, di booshafti Bruet huusi i de Fantùùmelöcher, bim Uusgang vom Gauteretaau. Lang het mù di Gfaar ùf de Hööf drùmùm im Grùff ghääbe mit Heiligebùùder a de Stautùùre ù mit ggwyyte Cheerze i de Hus·chäppelini. Aber di deemüetige Ziiche a Gott, a d Muetergottes ù di Heilige hii mit de Zyt uufghöört. Ma het vergässe, dass mù nùme mit Gottes Hùùf di fiischtere Gstaute ù Draache het chene besyyge.

Ù itz äbe – nit wyt vo dene gfùrchige Fantùùmelöcher awägg – het a Puur zmitz i de Nacht sy Esù im Stau erbäärmlich kööre brüele. Won er isch ga ggùgge, sy d Määna ù de Schwanz vom Esù tipptopp trùtschleti gsyy. Aber glyychzytig het eper das Tier a beidne Oore a de Tili uufgheicht! Ja, da het mù dütlich de glyych grüselig Miischter gsee, wo früer hinder dene Ùnghüür, Giischter ù Dämoone vom Gauteretaau gstanen isch. Dä gits auso no – oder frùsch ùmmi!

«Trùtschleti Schwänz? Dä hassig Chiib het emù no Fantasyy bim Quääle», siit de Beat im Lisi, we sii vo dene Taate kööre.

«Ja, a ggwùssa Schauk cha mù dem Tonder nid abspräche.»

D Forscheri Riedo erkläärt ne de am näächschte Vùrmittaag yydringlich, was daas bedütet, we de Tüüfù ù synner Häüffer eperùm a Trùtscha i ds Haar mache: «As giit nit lang, näy kye di Haar ali uus.»

«Ou! Het ächt dä Esù di Tortuur ùberläbt?», fragt ds Lisi zrùgg.

D Experti chùschelet: «Mengisch, we mù Glück het, de chùnt ds Haar ifach nùme chridewyysses ...» Ds Lisi ù de Beat tschuderets. Schliesslich gsee si o scho di eerschte graaue Haar wachse.

Eersch rächt nit lùschtig isch es no iinisch a Taag speeter, am Samschtig. Im Toggeliloch bi Dùdinge hets scho früer vùü ggiischteret. Das Gspengscht het nachts Wanderer aagfale ù dii z Tood ggwùùrgget.

Ason a Saag het det ùne scho zùm Naame «Toggeli» gfüert. Auso dem Drùck ùf de Brùscht, wo iim de Schnuuf abstöüt. Ma siit dem o «Alpdrücken». Früer sygi im Toggeliloch a böösa Giischt de Wanderer ùf d Brùscht ggùmpet. Det het sich das Toggeli la gaa wyn a schweera, trääga Sack. As het di Persoon ggwùùrgget ù plagt – bis dia nümme het chene schnuufe.

We eper de Naame vom aarme Röchler ggrueffe het, de het das Toggeli ùf de Brùscht vo mù abgglaa. Aber amaau isch a Pfaarer nachts a auti Frou ga versee ù di lötschti Öölig ga gää. Aber ds Chrisam-Tutteli isch leersch gsyy ù nid ùmmi uufgfùùts choo. Drùm het mù de Sigrischt nüa ggwyyta Bausam söle ga bringe. As isch aber scho nach ùm Bättelütte am Aabe gsyy – ù denn taaf mù iigentlich nümme usi. Das Toggeli het de Sigrischt verwùtscht ù het ne trùckt ù ggwùùrgget – är isch nümme z rette gsyy.

Zum Glùck het de as Miitli vo Ottischbärg das Toggeli chene zääme. Mit intensive Gebät het si das Gspengscht in a Hööli chene verbane. Dank regùmässige Waufarte dùr ds Taau het mù itz dä jääzoornig Giischt im Grùff ghääbe. Ma het de z Dùdinge jarzääntelang nümme vom Toggeli köört. Aber de het mù daas vergässe ù di Bittprozessioone dùr ds Toggeliloch gstriche.

«Hüt gglùùbt doch niemer mee settigs!», schùttlet de Beat de Chopf, won er di Gschùchte köört. «Dasch vilicht vor 100 Jaar no soo gsyy, wo si ki Feernsee ghääbe hii, aber hüt?»

«Pass uuf, wier hii scho allerlei Verbindige gfùne; di Ereignis törffe mer nid ùnderschetze», git ds Lisi zrùgg.

«Ja, loss zeersch!», siit ds Agnes, d Mueter vom Lisi, wo ds Nüüschta köört het. «Itz isch doch geschter Aebys Kari vom Nachbardoorf im Schùfenesee ùne gsyy ga baade. Am Frytig am Aabe isch er nit ggjùfleta gsyy, het am See zùy no di einti oder anderi Fläscha Bier gglitzt ù isch am Strändli yygschlaaffe. Eersch gäge Mitternacht isch er erwachet ù het dùr ds Stùù Taau ù ds Toggeliloch hiim wöle. Det mues es aber koomisch ggange syy: Si hii de

Kari am Moorge mit wyt uufgschrissne Ùùge gfùne. Är het chum mee chene Baabi sääge. Aber är het styyf ù fescht phùùptet, a toneschweera Giischt sygi mù stùnelang ùf de Brùscht ghocket ù hiige ne wöle vertrùcke», verzöüt ds Agnes. De Toggeli-Kari hiigi mit sym Lääbe scho abgschlosse ghääbe.

D Polizyy sygi choo ù hiigi mù gsiit, är söli haut nit sövù suuffe. Aber si hii de glyych a Ùndersuechig yyggliitet. U o fùr ds Lisi ù de Beat isch klaar: Bi so vùùne kurioose Begäbehiite chii si d Suechaarbiit itz ùnmùglich mee abbräche.

27

8

Di groossgwachsni Voukskùndleri Christine Riedo het as chlyyggwachses Ggaffi vor sich. Nam Plöiderle ùber ds Wätter feet si ùber ds Toggeliloch ù ds Gauteretaau afa referiere. «Ier hiit sicher scho gmeerkt: Wär am Aabe nam Bättelütte no ùnderwägs isch, cha mengisch Giischter gsee. Settig Gspengschter sy aktiv oder passiv, plaage d Lüt mengisch mee, mengisch weniger. Aber la zääme laa si sich chum.»

A Outotùùr chùnt zuegschlaage. Si ggùgge ali i ds Chùchipfeischter usi. Voorùsse laadet Pinggùs Töönù sy Suzuki fùr z Bäärg.

Di chlyyni Kira chùnt i d Chùchi ù feet afa verzöle, dass si lötscht Nacht vo iiras Getti trùùmt hiigi. Dä Maa, wo vor ma Jaar gstoorben isch, cheeme si mengisch cho bsueche.

«Heschù de ki Angscht, wen er zù dier chùnt?»

«Wysoo? Är isch ja my Getti», siit d Kira, nùmmt as Byssguyy vom Tùsch ù giit ùmmi usi.

Giischter schyyne di Chlyyni nit z erchlùpfe. Das isch schreeg fùr e Beat. Nit dass äär Angscht hetti, neneei, aber das cha doch nid ifach normaau syy. «Da mues mù doch epis deggäge mache.»

«Mier tüechts, d Kira het scho rächt: Was sous?», siit ds Lisi. Iira teegi de Getti ja nit wee. «Laa mer di Giischter doch ùf de Sytta.»

D Frou Riedo macht a defensivi Geste: «Auso ier müesset säüber wùsse, gälet. We der nümme möget, isch mier daas o rächt.»

Ds Lisi pyyschtet. Si füut sich nit verstane ù gstrandet. «So nächtlichi Begägnige mit Giischter hii emù nüüt mit Faarn z tüe, oder?», schleet si d Brùgg zrùgg.

«Neei, scho nit», antwortet d Voukskùndleri.

Im Pinggùs Töönùs Lisi schùttlet de Chopf. Si überliit ù schmiizt schliesslich resigniert de Hùdù ùf e Tùsch. «Zeersch sy mer ùf de Spuur vom Verirrchrutt gsyy, aber da sy mer nit bis a Schlùss choo. Näy Faarn – o nüüt. Itz ds Toggeli ù Giischter. Aber waas devaa chenti irgendepis mit ùm Pappas Frùnde z Frankryych ù z Tschechie z tüe haa?»

«Ù wo isch ächt de Armin Mùlhuser?», fragt de Beat, wo ùs der Richtig no gaar nüüt köört het. «I hoffe schweer, dem isch nüüt passiert.»

Dùsse laadet de aut Husmatter no sys Jagd·ggweer, Schrootchrùgle ù allerei Zuebehöör i ds Outo. Är pfüüft as Liedli ù schynt guet uufggliita wy scho lang nümme. Är stygt i ds Outo ù faart loos.

«Tuet öja Vatter jaage?», fragt d Frou Riedo ds Lisi.

«Ja, nüerdings. I wiis o nit, wär ne überredt het ù mit wem, dass er giit. Früer het er sich aube lùschtig gmacht über d Jääger.»

«Interessant …», macht d Experti, siit aber nit mee.

«Wysoo?»

«Nùme soo.» Aber de Frou Riedo chùnt de glyych no epis i Sinn: «Ù de, priicht er epis?»

«Ja, i stuune, was er aube hiimbringt: Fùchs, Wùüdschwyy, Gemschi ù sogaar a Hirsch. Är chùnt iigentlich nie z leere Henn.»

Ù de Beat ergänzt: «Ds Ga-Jaage schynt mù nit so wichtig. Aber är verzöüt aunen Oorte ùma, was er auz *gschosse* het.»

«Debyy isch er chùùrz- wy wytsichtiga ù bruucht epa für auz a Brùla.»

D Forscheri fragt wytter naa: «Är jagt itz im Sùmmer? Da isch aber ki Jagdzyt.»

«Dier miinet …?» Ds Lisi cha nit gglùùbe, was iira daa dùr e Chopf schiesst.

«I wott nüüt gsiit haa. Aber das töönt verdächtig.»

«Wysoo verdächtig?»

«Kenet er de Fryyschùtz?»

«Dasch doch son a Oopera oder Operetta oder so epis», siit de Beat.

«Ja, a romantischi Oopera vom Carl Maria von Weber. Aber d Voorlaag isch a Gschùcht, wo bis i ds 15t Jarhùndert zrùgg·giit. D Fryyschùtze sy mächtigi Lüt gsyy, i de Schnittmengi zwùsche Gglùùbe ù Aberglùùbe. Di hii nie denäbegschosse ù sy säüber ùnverwùndbaar gsyy. As het ghiisse, si bruuchi defùùr maagischa Zouber.»

«Aber was chenti daas mit ùm Töönù z tüe haa?», fragt de Beat naa. Är isch nid überzügta.

«Im a Fryyschùtz isch es nid ùm ds Jaage ggange, sondern ùm ds Priiche. Är het demit Macht über syni Wäüt ghääbe.»

Ds Lisi isch interessiert a dem Zämehang: «Was isch de daas für maagischa Zouber gsyy?»

«Im Stäärnziiche vom Schùtz hii si spezieli Chùgle ggosse zùm Schiesse. Oder si hii ds Ggweer verhäxet. Das het de gar nid andersch chene, aus z priiche. So Züüg haut.»

«Wysoo wùsset er daas auz?», fragt de Beat.

«I ha myni Masteraarbiit zù dene Fryyschùtze gmacht. Da isch no bitz epis heiche bblùbe.»

Ds Lisi ù de Beat ggùgge sich aa. Mit wem giit de Pappa iigentlich ga jaage? Isch er i Gfaar? Oder vilicht isch ja daas für sii a nüi Spuur, für das Räätsù z lööse?

9

Ds Telefon giit. Achtùng: De Gmiinraat Armin Mùlhuser sygi uuftoucht.

Dä abgmaagerete Grööggù stygt ùs de Poscht uus, treeit sich demonschtrativ vo de Beiz awägg ù giit hiimzue. Nùme im Sigrischt siit er chùùrz aabbùne: «Z Sizilie ùne.» Ù näy giit de Mynù gredi zù Frou ù Chinn ù Gross·chinn – ga sääge, dass er no chrablet.

Vùù verzöüt er niit. Är sygi erwachet, we eper ine gfotografiert hiigi. Das Klick·ggrüüsch ù ds Uufzye vo dem analooge Fötteler hiige ne a d Tùùpfi vo sym Gross·chinn erinneret. Denn hiigis o de haub Taag aso penetrant töönt. A Fùùrz vo syr Tochter, wo hiigi wöle fötele wy früer.

Das Souvenir-Ggrüüsch het ne ùmmi sich säüber la fùne. Zù dem Zytpùnkt sygi de Mynù am a Sandstrand im Südweschte vo Sizilie gstane. Hie sygi d Lüt gäär de Sùneùndergang cho fötele. Är hiigi Chliider ùs Glaceverchùùffer aaghääbe ùn a Buuchlaade aagheicht, mit Glace ù Mùnz. Vergääbe hiigen er probiert sich z bsùne, wyn er dethäre choo sygi ù wyn er dä Tschopp gfasset hiigi. Glace hiigen er schùsch no nie verchùùft, het de Mùlhuser verzöüt. Är het de gmeerkt, dass iim daa nit nùme as par Stùnn feele, sondern genau 13 maau sùbe Taage. Fasch a Eewigkiit.

Schùsch köört mù im Doorf nüüt vom Mùlhuser. Ma chenti miine, dass er sich für sys Fortblyybe schemti.

O we de Schwigervatter ùs Fryyschùtz verdächtiget chùnt: Ds lang erseent Uuftouche vom Mùlhuser rettet im Beat dä verfaare ù müesam Taag. Scho chùùrz na de Polizischte chlopfe ds Lisi ù de Beat o no bim dritte Verscholene aa.

Si wii vom Mùlhuser wùsse, was ggangen isch. Aber asch nomaau glyych: Kina vo dene dryyne wiis epis Bruuchbaarsch vo der Nacht z verzöle. We eper konkreeti Fraage stöüt, hiisst es: «Sorry, Blackout.»

Pinggùs Töönù säüber isch i dene Taage mee mit ema Schmùnzle ùnderwägs aus o scho. Synner Frùnde sy ùmmi im Lann, ù si hiis guet zäme. Ù das Abtouche, das Erwache, dä Chlùpf ù di tüüri Hiimriis, wo di dryy erläbt hii – dä Köüch isch am Töönù verbyyggange. Är het soozsääge ds Füüfi ù ds Weggli.

Das fröit doch o ds Lisi, wo aber no a anderi Persoon im Chopf het: «D Husiereri törffe mer de glyych nit vergässe.»

Gäge Endi Sùmmer flatteret as Ggrùcht dür ds Seiselann
bis i d Husmatt. D Husiereri sygi gsee choo. Si huusi in
era Auphùtta zhinderischt im Mùschereschlùnn.
Itz isch Zyt fùr loos! Ds Wätter laat hüt sowysoo kis
Choormeeje zue ù de Beat nùmmt sich Zyt fùr mit ùm Lisi
z Bäärg.

Momoou, si suechi awä d Bertha, bestäätiget as
chrùmms, haarigs Mannli, wo ne bi de Gemsch·stùba ùbe-
re Wääg lùùft ù wo si fraage. Ds Chrütter-Bärti sygi ja
scho mengisch hie obe, aber itz hiigen er si sicher a
Wùcha, zää Taage nümme gsee.

«Chrütter-Bärti». Itz wùsse Pinggùs Töönùs Lisi ù Hus-
mattersch Beat wenigschtens, wy si hiisst. Dasch a wichti-
ga Schritt fùr a sia härezchoo. Ds Chrütter-Bärti chenti as
Verbindigsgliid syy zù au dene Ereignis vo de lötschte
Maanete – si hoffes emù. Ù si erwaarte vùü vo dem
Wääg, wo si yygschlaage hii.

Im Lisi isch aber no a anderi Spuur i Sinn choo. Stritts
Fridù, de pensioniert Inscheniöör ù aut Koleeg vom Pap-
pa, het schneewyysses Haar. Är het ki einzigi Spuur vo an-
derne Faarbe ùf sym Chopf – ùssert itz im Sùmmer a rooti
Naasa vo de Sùna. Iigentlich isch de Fridù so wyyssa, zyt
si ne kennt – ù das isch scho über 30 Jaar häär. Dasch
doch ùssergwöönlich fùr so jùngi Mane. Ù wo d Frou Rie-
do vo wyysse Haar gredt het, da het ds Lisi daas ùf iiras
Lyyschta gschrùbe: Im Inscheniöör ga fraage, wenn ù wie
dass di Haarfaarb gwächslet het.

«Schöön, dass de Beat ù dùù üüs wiit häüffe», siit
Stritts Fridù am näächschte Namittaag, wen er im Lisi as

Ggaffi yyscheicht. «Aber fùr mier isch daas verbyy. Was gmeeits isch, isch fùùr – giit mier nümme aa.»

As wùùrdi sia schampaar fröje, wen er a Uusnaam meechi, scharmiert ds Lisi. «Wiisch, mier z lieb!» Syni Gschùcht chenti iira äbe extreem häüffe.

Stritts Fridù isch gschmyychleta. Aber är schwecht nomaau ab: Är sygi nit sicher, ob daas mit dem epis z tüe hiigi, ù sowysoo … Är ziert sich no bitz, aber rùckt de schliesslich glyych usa mit de Erlütterige. Im Lisi z lieb.

Fasch 50 Jaar isch es häär. Bim Schwarzmoos het er ùs jùnga Ziichner·leerling ggwärchet. Det häre isch er amaau hiim vom Uusgang im Saali. Pùnkt Mitternacht het er a grüseligi Stùmm kööre dùr d Nacht schale: «Wo sou ne hiitue?»

Graad vor parne Wùche hii di jùnge Pùùrschte im Saali greetiget ghääbe, was mù ira settigi Situation söli mache. A Koleeg het ggwùsst, ma söli sääge: «Det, wo dù ne häärgnoo hesch!» Asoo chenti dä Giischt vilicht di eewigi Rue fùne.

Äär, Stritts Fridù, hiigi denn ds Gfüu ghääbe, är sygi ùnverwüeschtlich. Vo Giischter het er ki Angscht ghääbe – mit gnue Aukohoou sowysoo nit. «Det, wo dù ne häärgnoo hesch!», het er chräftig ggantwortet.

Chum het er daas gsiit, het er a chauti Gstaut näbe sich gspùrt. Är het gsee, dass dia a wäüts Stii ùf de Achsle traage het. «Ùf di Antwort hani über 100 Jaar ggwaartet», het di Erschyynig im Fridù i ds Oor ghuuchet. «Itz hùùf mer no bim zweite Schritt zù de Erlöösig. Dä Marchstii muess ùmmi a sy früer Platz zrùgg. Det, won ii ne usignoo ha.»

Stritts Fridù phùùptet styyf ù föscht, dass er kis einzigs vo dene Giischterwörter i sym Lääbe cheni vergässe. Itz het er sich tou wyt i ds Pfeischter usiggläänet ù isch im

Gschäft mit ema Gspengscht! Das chùnt meischtens nit guet.

Är het de Ggagg i de Hose ghääbe. Aber bim näächschte Puur het er a d Tùùr gchlopfet ù het a Pickù ùn a Schufla ghùùsche. Är hiigi a wichtigi Püez z erledige. Mit dem Wärchzüüg isch er ùmmi im Gspengscht naagglùffe bis zùm Platz, wo daas imù tüttet het. Det het de Fridù müesse afa graabe. A hauba Meeter ay het er gglochet, bis mù de Giischt befole het: «Itz! Setz de Stii a jùscht Platz.»

Da hiigi bim Fridù ali Alarmgglogge gglüttet. Är het gsiit: «Bis hie han der ghouffe. Itz mueschù aber säüber de Stii dethii setze, wo dù ne gnoo hesch.» Dä Bliicha het de Marchstii ergrùffe ù mit era Ryysechraft i das Loch yy pengglet. As het de ganz Bode erschùtteret. A grela Schynn het dùr d Fiischteri bblitzlet – ù itz isch o dä Giischt verschwùnde.

De Fridù hets itz nümme uusghaute. Är het auz la lige, isch loosgspurtet ù bi sym Leermiischter dehiim yygstùùrmt, i sys Zùmmer wùy, i ds Bett ggùmpet ù het ds Dachbett ùber d Oore gschrisse – d Chliider ù d Schue no aa. Nùme as par Minutte speeter het er gmeerkt, dass er Uusschlääg ù Fieber bechùnt. As het ne gschùttlet ù tschuderet ù är isch ging schlùmmer chrank choo. De Dokter het nit chene häüffe. Ù d Scheffi het de Pfaarer la choo, fùr mù di letschti Öölig z gää.

Im Fieberwaan hiigi de Fridù de vom Brüeli i der Nacht, vom Marchstii ù o vo Pickù, Schufla ù Loch afa verzöle. Ds Wärchzüüg, wo d Zueloser de am Schouplatz gfùne hii, het di Gwùndrige iis ù iis la zämerächne. Asoo isch di Gschùcht uuschoo.

De Fridù säüber isch de o langsam ùmmi pchyymet. Aber a spezieli Erinnerig a di Nacht het er bis zùm hüttige

Taag phaute: Scho chùùrz na sym 18te Gebùrtstaag het er chridewyysses Haar ghääbe – wyn a uurauta Mändù.

Na ra Pousa siit Stritts Fridù lyyslig: «Bis hüt hani niemerùm vo dem verzöüt. Aber itz wotti probiere z häüffe. Vilicht chiit er ja epis demit aafaa.»

«Supper, merci vùü-vùümaau, das hùüft üüs seer», siit ds Lisi. Si trùckt ù tätschlet mù lang syni Hann. Är het füechti Ùùge, we si sich verabschiidet.

11

Mindeschtens 200 Jaar, awä scho eener 300 oder 400 Jaar isch es häär, dass z Dùdinge a apartiga Pfaarer ggläbt het. Dä Giischtlicha isch im ganze Bezirk uufgfale, wyl er awä mee Ree, Wùüdschwyy oder Fische gfange het aus Seele vo verloorene Lüt. Aber är isch haut o wùrklich de Miischter ùnder au dene Hubertus-Jùnger wyt ù briit gsyy.

Im groosse Gaarte ù bim Pflanzblätz vo sym Pfarrhuus isch i der Zyt mengisch a schwarza Hase ùnderwägs gsyy. Amaau het er vom Chabis as Hùütli verwùtscht, as andersch Maau vom Salaat. Oder o Lùùch ù Rüebli sy nie sicher gsyy vor dem gfrääsige Vyych. Kis Wùnder isch d Pfarrchöchi ganz näbenusi choo ù het sich määrterlich uufggregt. Är geengi aunen Oorte ga jaage, chlagt si im Pfaarer. Aber sia vo dem Vùüfraas im iigete Gaarte erlööse, das schaffen er niit! «Wenn gits itz endlich Hasefryggù?» Settigs het si ne fasch jeda Mittaag gfragt.

De Pfaarer het de sys Jagd·ggweer gglaade ù het aabenewyys bim Husegge oder hinder ùm Trübelistock passet. Aber nie isch mù dä schwarz Hase vor e Lùùf ggùmpet. Am meischte het de Pfaarer uufggregt: Äär oder d Pfarrchöchi hii dää mit de lengen Oore mengisch gsee Salaat fryggle, aber nie graad denn, wen er syni Flùnta debyy ghääbe het: «Dä Souchiib!»

De Pfaarer isch wytter mengs maau i Stölig gglääge, ghocket oder ggrüppelet, aber entweder het sich de Hase verdùnisiert oder isch schommi ùsserhaub vo de Ryychwytti vo sym Ggweer gsyy. Angscht het er emù kini ziigt. Defùùr isch d Tùùbi vo dene zwùüne Pfarrhuusbewooner ggwachse. «Itz isch gnue Höi dùne: De Hase oder ii!», het di resoluti Pfarrchöchi as Ultimaatum ggää.

Am a Sùmmersùnntig het sich de Dùdinger Pfaarer i de Sakrischtyy aaggliit fùr ds Amt. Ds Mässggwann ù d Stoola het er scho aaghääbe ù graad de Köüch ù d Hoschtie wöle a Platz tue, da stùùrmt d Pfarrchöchi i d Sakrischtyy yha. «Herr Pfarrer, chämet flingg! De Hase hocket zmitz im Chabis ine!»

Nùme graad as Sekùndeli het de Pfaarer ùberliit. Näy het er di ggwyyte Chliider abgstreift ù isch de Pfarrchöchi naa. Dia isch scho vor de Hustùùr gstane ù het im Giischtliche ds gglaade Ggweer i d Hann trùckt. «Ggùgget, det hocket dä Chiib!»

De Pfaarer isch fescht entschlosse gsyy, dä fräch Plaggiischt z eliminiere. Aber de Hase isch ab, ù äär hindernaa. Gredi ùber Matte ù Ächer, ùber Stock ù Stii, ùber Hùble ù dùrch Höüzer. Syni Pflicht, fùr d Schääfflini de Seelehùrt z syy, het er völig vergässe. D Chùùchgänger vo syr Pfarryy hii a dem Sùnntigvùrmittaag vergääbe ùf d Mäss ggwaartet. Aber nit nùme daas: Iines Seeusoorger isch o am näächschte Taag nit zrùgg·choo – ù o nid a de Taage drùf. Är isch nie mee i ds Doorf hiim choo ù isch verschole bblùbe.

As het de speeter amaau ghiisse, är sygi bim Jaage ùm ds Lääbe choo. Wäge syr ùnbändige Jagd-Lydeschaft, wo mù no wichtiger gsyy isch aus di Heiligi Sùnntigsmäss, het sy Seeu ki Rue chene fùne. Är het ùs raschtloosa Giischt müesse dùr d Lùft jaage. We d Lüt i d Wùuche ggùgget hii, hi si mengisch mitzdri a Pfaarer gsee – mengisch ùs grüena Jääger, mengisch ùs schwarza Ggaagger, wo über Matte ù Ächer, über Stock ù Stii, über Hùble ù Höüzer zogen isch ù de Lüt Angscht gmacht het. Ging mee ù ging eerger.

Guet, immerhin isch de schwarz Hase vo dem Sùnntig aa o nie mee im Gaarte vom Pfarrhuus gsee choo.

Di chlyyni Kira chùnt hüt, am 17. September, sùbejerigi. I de Kira chùnt taaguus, taagyy allerlei Züüg ù Gfläder i Sinn. Hüt ganz bsùndersch: Mit sùbe Erschtklass·kameraadine am Ùmaflegere – ù eersch no garniert mit era feini Gebùrtstags·toorta vom Mami z Zvieri. Daas auz isch fùr d Kira so jùscht: «Geil!»

Aber iiras allerliebschti Zyt isch – am Gebùrtstaag oder o schùsch – am Aabe am achti ùma. Vor alùm itz, we d Nächt ùmmi lenger chäme. D Kira het o scho vo Schuufrùndine köört, dass dii nit wii ga pfuuse. Aber sia het daas extreem gäär.

Auso nit wäg ùm Schlaaffe. Da het si mengisch o ds Gfüu, das sygi vergüdeti Zyt. Zyt, wo si nit cha spiile, ùmaggùmpe ù wùnderbaari Fantasyywäüte uufbue. Neei, deich wäg ùm Gschùchtli devoor! Denn cha das Miitli epis uuswääle, wo iimse Mami oder Papi de tuet vorlääse oder verzöle.

Itz sy si graad zyt Wùche bi de Saagen ù Määrlini ùs de Region. Di Büecher vom German Kolly ù im Niklaus Bongard sy vou vo gfùrchige Saage, wo Groos ù Chlyy laa la tschudere. Aber d Kira het mengisch ds Gfüu, si schlaaffi besser nach ema settige Tschuder. Si laat sich vo de Öütere la bestäätige, dass daas ja nùme a Saag sygi ù scho gspùrt si d Wööli ù Sicherhiit ùnder ùm waarme, weiche Dachbett.

«Sägg a Zaau vo 1 bis 157», siit iiras Papi am Aabe vom Gebùrtstaag. Är het d «Sensler Sagen» vom Pater Bongard ùf ùm Schooss ù laat sia la entscheide.

«Ou …» Scho nùme das Uuswaauprozedere isch geniaau fùr d Kira, wo so gäär Zaale het. Ds Chrible wachst:

Lieber d Zaau vo ra Saag, wo si liebt ù sich ds Nùmmerli gmeerkt het? Oder schùsch a Zaau – mit ùm Risiko, dass d Saag chli lengwylig isch? «87!» stoosst si schliesslich vùra. Iini, wo si sich awä no nie ggwùnscht het. Mit era Ùberaschig wott si iiras Gebùrtstaag abschliesse.

De Papi Beat schleet d Sytta uuf. Ds 87 hiissi «Der nächtliche Leichenzug»: «Achtùng de, Kira. Dasch awä a grüseligi Sach!» D Kira nickt tapfer ù trùckt iiras Plüschmüüsli föscht a sich. Itz feet de Papi afa verzöle: «Am a Quatemberaabe isch a Chnächt vo de Gùfersch-Aumet gäge Hoof Vorsatz zue gglùffe …»

Was de «Quatemberaabe» sygi, ùnderbricht ne d Kira.

Är wùssis o nit, antwortet de Beat ù är geengis de näy ga naaggùgge. Aber zeersch d Gschùcht: Da isch äbe a Chnächt nam a Jassaabe ùf ùm Hiimwääg – Pùnkt Mitternacht. Ù wen er über e Moosbach wott, gseet er a fiischtera Lyychezùùg im Bach naa gäge ds Saageloch zue schweebe. Mane mit bùschige Bärt ù brannschwarze Chliider, Froue mit Truurfloor, Chopftüecher ù o brannschwarze Chliider. Ù das Aaggleger so aut, dass de Chnächt settigs hööchschtens maau im Museum gsee het. Di Lüt hii Gebät gmùùrmlet ù sy de verschwùnde.

De Chnächt isch schùsch nid a Chlùpfiga gsyy. Aber hie het er as parmaau ds Chrüzziiche gmacht. Ù wen er de endlich dehiim aachoo isch, de het er di ganzi Nacht kis Ùùg zuetaa. Das cha mù nid ifach vergässe. Aber wen er de am näächschte Taag ùmagfragt het, ob epa eper gstoorbe sygi, da het niemer vo nüüt ggwùsst. De Chnächt het bis am Schlùss nid usigfùne, was itz daas für na koomischa Lyychezùùg det im Moosbach ùne gsyy isch.

Zeersch isch lang stùù gsyy im Stùbli. Näy het d Kira gsiit: «We si gäge ds ‹Saageloch› gaa, isch daas nùme a Saag, oder Papi?»

«Ja, muesch der kinner Soorge mache. Di Giischter mache niemerùm epis.» Ù dewyle suecht er scho im Handy «Quatember» fùr iira daas o no z erkläare – ùn abitz natüürlich o fùr di iigeti Gwùndernaasa z fuettere.

«De Naame ‹Quatember› chùnt vom Latinische», siit de Beat. Das sygi Taage, wo mù Buess tuet ù faschtet – viermaau im Jaar. Di Taage sygi ging am Midwùche, Frytig ù Samschtig nach Äschermidwùche, nach Pfingschte, nach de Chrüz·erhööjig am 14. September ù nach ùm Luziatag am 13. Dezember.

De Räschte laat er gägenùber de Kira la kye. Das geengi z hört i ds Detail. Aber äär säüber wott daas de scho no gnaauer stùdiere. Är fùegt nùme aan: «Wär am a Quatembertaag ùf d Wäüt chùnt, isch as glùcklichs Chinn.» Ajaa! As chenti ùbrigens syy, dass sia, d Kira, as Quatemberchinn sygi. Är ggùggi daas de o graad naa. «Ebe ù itz schlaaf woou, dù glùcklichs Chinn!»

«Uiuiui!» Was de Beat dùne i de Stùba auz fùndt. Är googlet sich vom Hùndertschte i ds Tuusigschta. Wär am a settige Quatember- oder Fronfaschte-Midwùche ùf d Wäüt choo sygi, cheni Giischter gsee ù d Zuekùnft voruussääge. Di Quatembertaage verbini fasch chli ds Dissyts ù ds Jeensyts – as geebi denn sogaar Häxenächt.

13

«Düdel-didel piep-piep.» Pinggùs Töönùs Lisi nùmmt ab, d Voukskùndleri Christine Riedo isch am Telefon. Si hiigi epis Nüüs usigfùne, wo si iine ùnbedingt müessi verzöle. Ds Lisi geengi doch regùmäässig z Mäss. De kene si sicher d Quatembertaage. Ds Lisi verneint – di sy ra no nie begägnet. Si laat sich vo de Frou Riedo la erklääre, was es mit dene Taage ùf sich het. Ù d Forscheri hiigi no usigfùne: Au dryy Mane, wo vo dem Verirrchrutt betroffe gsyy sy, sygi am a Quatembertaag ùf d Wäüt choo. Settig Lüt hiigi as bsùndersch Gspùri fùr Lääbe ù Tood.

«Was hiisst daas itz fùr üüs ù üser Recherche?», fragt ds Lisi naa.

«Vilicht fùnet er ùf dem Wääg d Löösig.»

«Hiit er de a Tipp?»

«Ja, chenti syy», siit d Foorscheri. Si gniesst ds Interässe ù hoout uus: «Im ena Vouksglùùbe·buech hani gfùne, dass d Quatembertaage mengisch i de Foorm vom ena aute Froueli uufträtti.»

«D Husiereri!», schiesst es im Lisi dùr e Chopf.

«I wùùrdi emù i di Richtig sueche.» Lötscht Nacht sygi i de Höli hinder a hassiga Giischt erschine ù hiigi dryyne nächtliche Chùùter gägesyttig d Aarme verchnöpft. Ù di auti Husiereri sygi graad chùùrz devoor im Höubachgebiet gsee choo.»

«Guet, i ggùgge, ob de Beat Zyt het fùr na Fart i d Höli hinderi.»

«Soli mitchoo?»

«Neneei, ier chiit andersch häüffe. Das schaffe mer schoo.»

We ds Lisi am Mittaag im Beat vo dem Telefon verzöüt, nickt dää zfrùde: «Wier sy ùf de jùschti Spuur.» Ù de verzöüt o äär, was er nam Gschùchtli mit de Kira usigfùne het. Eersch itz isch mù uufgfale, wy vùü maau d Begrùffe Quatember- oder Fronfaschtechinn i de Saagebüecher vorchäme – fasch ging i Giischtergschùchte.

Im Beat isch ùbrigens no a anderi Gmeinsamkiit uufgfale, won a Spuur chenti syy. D Nacht verbindt jeda einzelna Fau bis itze – vor alùm d Mitternachtsstùnn. Ù wyn es no a Bewyys bruuchti: Genau i der Nacht hiigi im Hindere Chrache a Ùberstorfer Frou a Gstaut gsee. As kuriooses Froueli, ganz wyyss aaggliits. Di Gstaut sygi i dem Jaar scho mengisch gsee choo, het d Frou de erfaare – ging ùnderwägs zwùschet ùm Hindere ù im Vordere Chrache.

Di Ùberstoorferi het d Gstaut gspùrt nööcher choo. We si si diräkt aaggùgget het, het si gmint, itz wöli d Gstaut epis fraage. Aber neei, si het ds Muu nit tùffe ù ki Toon usigglaa. Vilicht hette si wöle, dass d Spaziergängeri si aaspricht. Vilicht hette si si chene erlööse, we si gsiit hetti: «Wenn du ein Geist bist, so sage mir dein Begehr, dann kann ich dir helfen.» Dä Satz hiigi o scho a anderne Oorte ù i anderne Saage ghouffe.

Aber di Ùberstorferi het nit de Muet ghääbe. Di wyyssi Frou isch ra o nit gfäärlich voorchoo. De het si si ifach näbe iira la lùùffe. Bim Vordere Chrache isch si vo iir Sekùnda ùf di anderi verschwùnde.

Das hii o ander Lüt bestäätiget – ging ùf dem glyyche Wääg vom Hindere zùm Vordere Chrache.

Früer hiigen es no a äänlichi Gschùcht ggää zwùsche de Chnochemùli z Mùletaau ù im Schloss Bluemischbärg. Ging het a wyyssi Frou d Wanderer as Momentli begleitet ù het sich ùf ds Maau i Lùft uufgglööst. Won a Puur di Frou uusgglachet het, wyl si a Schmola meechi, da het dää schweer müesse püesse. Won er hiimchoo isch, sy im Stau de Chüe paarwyys d Schwänz zämegflochte gsyy. Di hii bbrüelet vor Engschti ù zmoonerischt fürggüggù·rooti Mùùch ggää.

Ds Lisi het im Beat zwaar zuegglosst, aber epis vo devoor beschäftiget si no vùù mee: «Dùù, aber we dene dryyne Mane epis passiert isch – wy isch itz daas mit de Kira? Si isch ja vilicht o as Quatemberchinn.»

«I ha no gaar nit naaggùgget. Waart, das macheni graad: ùf d Wäüt choo am 17. September 2014. Ggùgg daa: Midwùche, tatsächlich a Quatembertaag.»

«Isch daas itz guet oder schlächt?»

«Ki Aanig. Epa d Frou Riedo fraage.»

Dia cha di zwùù de am Telefon beruhige: «Neneei, ier ù öjersch Chinn syd guet uufgstöüt. Mit ema gsùne Menscheverstann reagiert mù outomatisch jùscht, wen es a-maau gfäärlich cheemi.»

«Was hiisst itz daas? Bruuchts bsùnderi Vorsichtsmassnaame, dass es ùngfäärlich blybt?»

«Neneei. Ifach lääbe.»

«Wier teeti üüs ù d Kira aber gäär vorberiite, absichere», blybt de Beat hartnäckig.

«Tùù näme Drükönigswasser oder Agathabroot fùr sich z schùtze. Oder Ooschterchoola im Fueter vo de Tiereni.»

«Ja super!? Ooschterchoola im September!»

«Demfau wùùrdeni de eint oder ander Sprùch ùswenig leere. Wùsset, wy dii, wos git, we mù im hassige Hutätä über e Wääg lùùft ù dää iim aaspricht: ‹A jeda Wääg, ob schmaau, ob briit, är füert i d Eewigkiit.› Aber o schùsch: Nit drischiesse ù hùüfsbereit statt fräch ù gwùndrig. De setti nùùt passiere.»

Ob si de nit no mee Byschpùù fùr passendi Sprùch hiigi?

«Ja, gägenùber vo Giischter: ‹Sägg mersch, de chann der häüffe› oder ‹Ùm Gotts Wùle, häbet Erbaarme›. So hiisst es i de Saag ‹Heimweh›. Ù mengisch sette mù ifach o chene schwüge – wy bim ‹Bùrgfröläin vo Chaschtùs›.»

«Probiere mersch doch, merci», siit de Beat ù heicht ds Telefon uuf.

«Itz aber i d Höli hinderi», ergänzt ds Lisi.

«Neei, giit niit. I muess Namittaag de Meis yytue. Längts moor oo?»

14

Pinggùs Töönùs Lisi het no iinisch zwùù A4-Bletter zùm a grössere Blatt zämegchläbt, itz A3 grooss. I de Mitti het si mit schwarz «Quatembertaage» gschrùbe ù allerlei Striche vo dem Wort gäge usi ziichnet. Mit blaau füegt si ùssefùùr ali übernatüürliche Ereignis vo dem Jaar aa, auso ali, wo si wiiss. Ging mit Oort ù Datùm ù im a fyyne Räämli drùmùm. Mit grüen ergänzt si d Persoone, wo betroffe gsyy sy; o dii mit Woonoort, Gebùrtsdatùm ù am a Raame.

Jedes Maau, we ds Ereignis oder de Gebùrtstaag vo de Betroffene a settiga Fronfaschtetaag isch, tuet si das Räämli mit roserootùm Stabilo ùbermaale. Ù as isch ùnglùùblich: Chum as blaaus oder grüens Chäschtli blybt wyss! Sogaar ds wùùd Chaubli vom Saageloch isch genau am eerschte Fronfaschtetaag im Meerze ùf d Wäut choo. De Puur het ra daas bestäätiget.

D Kira sitzt ùne am Tùsch ù isch mit Houzchüe am Spiile. Si siit zù iiras Chüe: «De Lyychezùùg, wo de Papi verzöüt het, isch o zùm Saageloch ggange.»

«Sicher?», laat ds Lisi usi. «Ggùgg dùù, graad zwùùre Saageloch.»

Si ggùgget di Oorte no chli gnaauer aa ù verzöüt de graad iiras Maa, wo i d Tùùr yhachùnt: «Ggùgg Beat: Zeersch Gaugeblätz bim Verirrchrutt ù Wouf·iich bim a Schaaf. Näy Fantùùmelöcher ù ds Toggeliloch, näy ds Saageloch ù itz d Höli ù de Hinder Chrache. Sägg, i hiigis nit gsiit: De Naame vom Oort isch äbeso wichtig!»

«Geniaau, ma chère!»

«Ù ggùgg, hie no myni Zämestölig zù de Quatembertaage. Vo mier uus cha daas ki Zuefau syy.»

«Aba, dù hesch z vùü Hollywood·fùùme ggùgget!»

«Moou, ggùgg doch hie!»

De Beat stùdiert itz di Lyyschte: Tatsächlich – di müesse ja fasch a Zämehang haa. Di par Fäüdlini, wo wyyss bblùbe sy, sy ali graad a Taag näbet de Quatembertaage. Ifach settigs müesse sii no uufklääre.

As sygi super, wy d Voukskùndleri druus·cheemi ù iine häüffi, fröit sich de Beat, wenn er d Lyyschta zämeliit ù verrumt. «Aber di wichtigschte Schritte fùr d Uuflöösig schaffe wier ganz aliinig, gau Lisi.» Är git syr Frou as Mùnzi ùf e Backe ù chlopfet ra anerkennend ùf d Achsla.

Är het chum fertig gredt, da gits dùsse a wäüts Blitz ùn a Chlapf höchschtens as Sekùndeli denaa. «Härggottyha, isch daas itz flingg choo.» Im Beat chùnt es voor, aus ob vor zää Minutte no blaaua Hùmù gsyy wee. Aber dùsse isch es fiischter ù as schùttet graad aha wy blööd. Blitze ù ds Rùmple lööse sich im a hooje Rhythmus ab. Eersch as haubs Stùnnli speeter cha de Puur zù syne Tiereni ù gseet, dass de Blitz bim Finstergrabe as Ggùschti priicht het. Das toot Tierli macht iim scho bitz z deiche. Hetten er epis deggäge chene oder müesse mache?

We ds Gröbschta organisiert ù ggrumt isch, chùnt d Sùna schommi vùra. «Ebe hüü, gäge d Höli zue», siit de Beat. Är wott itz lieber vùretsi ggùgge.

«Müesse mer d Polizyy mitnää fùr ds Chrütter-Bärti ga z sueche?», fragt ds Lisi.

«Aba, dasch doch nùme a auti Frou.»

«Ù wes de a verchliideti Häx isch – oder sogaar de Tüüfù?»

«De cha üüs d Polizyy awä o nit häüffe.»

«Jaa, ù di wäütsche Tschùggere verstiiti epa sowysoo nüüt.»

As giit gäge Aabe. Rùnd ùm e Höubach, im a Sytteaarm vom Plässäubschlùnn, heiche d Näble tùùf über ùm Bode.

Dasch eener säute im September, aber nam a chräftige Ggwitter näblets haut aube no lang.

«D Höll tuet nis wùùrdig empfaa», siit ds Lisi lyyslig bim Uus·styge. Si wiiss, dass mù im a abgglääägene, stotzige Stùcki Lann o Höü oder Höli cha sääge. Vor alùm, wen es det nit ging ganz ghüür gsyy isch. Bi dem Näbù cha si das Ùhiimeliga guet naavouzye. Ds Grüsele hocket beidne ùnder de Jagga.

Natüürlich isch nümme z gsee vo dene dryyne Chùüter, wo vom a uufsäässige Giischt plagt choo sygi. Aber mitz vor de Forschthùtta Hölli stiit as auts, chrùmms Mannli ù siit, ds Chrütter-Bärti sygi vor füüf, allerhöchschtens zää Minute da dedùùr. Si hiigi z Fuess ùber e Schwybärg i Schwarzsee wöle.

«Hindernaa», siit de Beat. «Lisi, wo isch de chùùrzescht Wääg?»

Dia packt d Wanderchaarta uus: «Auso, entweder ùbere Hapfere Schwybärg oder hinder ùber dä Pass bi Fùchses Schwybärg.» As chùnt fùr ds Lisi haut o drùfaa, wo das Froueli im Schwarzseetaau hii wott.

«Ebe loss, wier tiile üüs uuf. Dù giisch de Straass naa i Richtig Fùchs. I gaa grediwùy ùber Schmùtzes zùm Hapfere Schwybärg. Stöü dys Telefon ùf lut. Ù we mer si fùne oder epis Verdächtigs gsee: sofort aalütte.» Mit je ema Tuume obsi verabschiide si sich, verschwinde lings ù rächts im Näbù. Beidi aliinig.

A dem glyyche Frytig am Aabe hocket d Kira dehiim. D Öütere sy ging no ùnderwägs i de Vooraupe ù d Grossmama hüetet di Chlyyni i de Husmatt. «Früer hii d Miitlini am Aabe aube Gaarn gspùne», siit Pinggùs Töönù, wo syr Frou bim Hüete hùùft. «Dasch no schöö gsyy.»

«Ja, dasch a gueti Idee», ùnderstützt daas d Grossmama. Si tuet de Chlyyni a Spindla vorberiite ù feet afa erklääre. D Kira isch interessiert, liit de loos ù isch baud zfrùde am Handarbiite. Schöö langsam, aber as giit. Nam a chùùrze Yyschaffe chùnt ds Miitli ging abitz flingger. Nar a Haubstùnn gseets scho nit schlächt uus. Na dryviertù Stùnn isch de aber gnue – Zyt fùr nas Gschùchtli. Si wott daas vo de Ankehäx kööre – ira auti Frou i de Bäärge, wo jederi Chue a Löffù vou Nydla zoge het. Mit der frùschi Waar het si säüber chene ankne ù mit dem Anke händele.

We d Kira de im Bett isch ù schlaaft, ggùgget d Grossmama das gspùne Gschnùùrpf aa. Klaar, so ùnglyychmäässigs Gchutz cha mù nit bruuche fùr de mit dem z lisme. Si wicklet das Gaarn zùm a Chlùnscheli ù gseet, dass es nit vùü häärgit.

«Was sous», mint ds Agnes, d Kira isch ja eersch sùbni – ù d Frùùd vo de Chinn bim Mache isch doch wichtiger aus ds Produkt. Das het iiras Maa, de Töönù, o gsiit.

15

Samschtig am Aabe im Seiselann, am 20. September. De Beat ù ds Lisi hocke dehiim am Chùchitùsch ù deiche naa. Auso ds Lisi deicht ù de Beat fluechet. Itz het er graad Poffets Miggù vo Santifaschtùs am Telefon ghääbe. Dä het köört, dass zyt lötscht Nacht i de Wueschta de Hùrt chrank sygi. De Wueschta-Poülù ligi im Stäärbe ù redi im Fieberwaan vo Giischter ù Zwäärge ù Häxe. De Beat het ùmatelefoniert ù im Hùrts beschte Frùnd gfùne. Dää, de Louis, het mù dùù verraate, was si erläbt hii.

«De Wueschta-Poülù het mer scho aafangs Jaar verzöüt, ùf de Santifaschtùs-Sytta vo de Chrüzflue gseegen er mengisch bim a aute, leere Schöpfli Liecht. Wier hii ggreetiget, was ächt daas cheni syy, ù natüürlich gsprùùcheret. Wiisch, vo Zwäärge het mù ùm d Chrüzflue ùma vùù köört. As parmaau hii mer sogaar Aalùùf gnoo ù sy nachts i d Nööchi. Aber ging we mer sy ga ggùgge, isch das Schöpfli leersch gsyy.»

De Beat am Telefon macht sich Notize, de Louis verzöüt wytter: «Lösch Nacht sy mer ùmmi amaau ga probiere. Wier hii hinder ma Erlebüschli ggwaartet. Wes vo Santifaschtùs hään Mitternacht gschlaage het, isch ùf ds Maau Liecht aaggange, as het Stùme ù Musig ù Gsang ggää.»

«Ùs dem leere Schöpfli usa?»

«Auso, i has säüber nit gsee – i wiis o nit wysoo. Aber Pouli het auz genau beschrùbe, was er gseet. Das mues asoo gsyy syy! I kene ne: Dem wee vo säüber nit haub so vùù z Sinn choo.»

De Beat schrybt o daas uuf ù de Louis prichtet: «Ebe, wier sy de lyyslig zùm Schöpfli zùygschnaagget ù Pouli het dùr d Ritze i de Wenn yyggùgget. I dem aute Houz·schürrli ine sygi a wùnderbaar gschmùckta Feschtsaau gsyy. Tüüri, ryysigi Cheerzelüüchter hiigi vo de Tili ghanget. D Gescht sygi au gsùnntiget gsyy – ù de wie vùùrnääm ùmagglùffe! Ùf ùm Tùsch Bäärge vom a feine Ässe ùf Sùüberplatte bis zùm Abwinke. Ù Schämpis ù dùnkùroota Wyy i de Köüche. D Musig het gspùüt, ù wär nit ggässe ù trùùche het, het tanzet. As wäüts Fescht!»

De Louis het sich bim Verzöle in as Füür ggredt. Aber itz macht er a Pousa ù füegt de nùme lyyslig aa: «Pöülù het de no as par Lüt kennt: Sy Grossvatter, syni Tanta ù zwee Nachpuure, wo ali scho lang gstoorbe gsyy sy. Üüs hets awee ggruslet, aber wier hii nit devaa chene. Pöülù het vùü z ggùgge ù z beschryybe ghääbe. Eersch wen es de z Santifaschtùs ùne iis gschlaage het, sy ùf ii Chlapf ds Liecht, de Feschtsaau ù d Gescht verschwùnde. Wy nie epis gsyy wee.»

«Wier sy näy flingg hiimzue, chasch dersch epa deiche. Pouli het no allerlei verzöüt, was er gsee het, aber i ha baud gmeerkt, dass di Begägnig imù nit guet taa het. Är isch ging schwecher ù langsamer choo ù i ha ne de haub traage, haub gschlùùpft, fùr dass mersch bis i d Wueschta wùy gschafft hii.»

«Ù de dùù?», fragt de Beat.

«Gsùnn ù gfrääsig.»

De Beat het merci gsiit ù wöle uufheiche. «A wart, Louis: Wenn heschù Gebùrtstaag?»

«Im Abrele, wysoo?»

«Ù de Pouli?»

«Im Winter amaau. I gglùube, Endi Februar.»

«Chasch mer no iimse Gebùrtsdatùm ù ds Jaar usifùne? Das chenti no wichtig syy. Merci, Louis.»

De Beat heicht uuf ù mentet äbe graad asoo, wy ds Lisi ine no nie köört het: «Chrüzsackziment! Dasch a vertreeita Schyssdräck. Das giit doch ùf ki Chuehut!»

Ds Lisi ggùgget mù i d Ùùge ù siit hùbscheli: «Da hùüft awä nùme no bätte. Dasch besser aus flueche. Gottesfùrcht hùüft i de Saage.»

De Beat rùmpft no awee d Naasa, aber är muess ra rächt gää. Scho nùme de Gedanke a ds Bätte beruhiget ne. Zäme schryybe si di Gschùcht o no uuf ù verbine si mit de andere vo dene zämegchläbte Bletter.

Dasch bi iine äbe o nüüt gsyy geschter. Di zwùù hii sich obet ùm Näbù ùf ùm Graat vom Schwybärg ùmmi troffe, aber kis Chrütter-Bärti wyt ù briit. Asch de fiischter choo ù si hii nachts müesse zùm Outo zrùggtaschte. «Di cha sich awä ùnsichtbaar mache», het de Beat vermuetet.

Oni ds Chrütter-Bärti sy si mit iines Recherche gstrandet. Di Frou isch entweder mùglichi Tääteri, a Experti i der Sach oder a wichtigi Zügin. Ù faus si tatsächlich nüüt mit au dene Gschùchte z tüe hetti, de chente si zmùndescht de Aberglùùbe erklääre, wo hinder dene Saage steckt. De Beat giit ùs Prinzip ging zeersch vo Aberglùùbe ù Übertryybige uus.

Aber itz chùnt o äär ùnsicher. Si sy gspanet wyn a Pfyleboge, wöli vo au dene Variante, dass sich bi dem Froueli usastöüt. Ja, ù wy sùù si iira überhoupt begägne, wes de endlich so wyt isch? Müesse si ächt doch d Polizyy byyzye? Nit, wen es nam Beat giit. I de Seisler Saage spiile Polizischte ki Rola, de bruuchts dii itz o nit. Ù di Uniformierte schyyne sowysoo ds Interässe a der Gschùcht verloore z haa. De Beat köört emù nüüt vo ne.

Ds Agnes, d Mama vom Lisi, chùnt i d Tǜǜr yha:
«Dùù, i ha graad a hauba Chees vom Chäller wùha griicht.
Itz isch doch dää vou Madlini!»

«Cheesmaade? So epis hani scho eewigs nümme köört!
Hesch ne im Chaublistau gglaageret?»

«Neei, im Chäller wy ging. I chùme o nit druus.»

«Härggottyha!», chùnt no iinisch a Fluech vom Beat.
«Cha mù nid amaau as Stùcki Chees ässe, oni dass iim
ging di koomische Gschùchte aaggùmpe?»

«Dùù. Itz müesse mer de epa glyych gfasst syy: Bis itz
hii mer no ds Gfüu ghääbe, das Züüg sygi wyt awägg»,
ergänzt ds Lisi. «Aber itz isch es zmitz vor üser Hus·tǜǜr
– fasch wyn a Virus.»

Ds Agnes ergänzt: «Ù sogaar scho bi üüs im Chäller!»

16

Vo dem glyychlige Samschtig am Aabe bechää Pinggùs Töönùs Lisi ù Husmattersch Beat am Sùnntig no a anderi Gschùcht mit. Bim Tùnteleloch z Hiiteried isch a Cheeser nam Füraabe vo de Beiz z Nidermuure hiimgglùffe – tou bbrägleta ù öifoorisch drùf. Da sy mù dryy fiischteri Mane apchoo. «Naabe zäme», het de Cheeser gsiit ù het scho wöle afa prichte. Aber asch ki Antwort zrùgg·choo.

«Ier syd itz ùnfrùndlichi Pajasse», het er zischet ù het im einte wöle a Chlapf a Grinn gää. Är het scho uusghoout, aber het syni Hann de ùmmi bbremset. Dank ùm schwache Mondliecht het er gsee: Au dryy Mane hii gaar ki Chopf ghääbe! Itz isch dä Stùùrmi ùf ii Chlapf topfnüechtera gsyy. Pooumääu – dryy rooti Hausstùmpf hii obe usiggùgget. Aber was no vùü gruusiger gsyy isch: Jeda vo dene dryyne het sy iiget Chopf ùnder ùm rächte Aarm traage.

A settiga Aablick längt, fùr de steerchscht Cheeser z erchlùpfe. De aatrochnet Triicher emù, dä het synner Bii ùnder e Aarm gnoo ù isch ab. Är verspricht zyt denn jedùm, wos wott kööre ù o aune andere, är wääri nie mee so spaat oder sogaar bsùffe hiim. Fertig – kurierta!

«I glùùbe, das chùnt scho guet», siit d Christine Riedo am Sùnntignamittaag am Chùchitùsch vo de Husmatt. D Voukskùndleri het as chlyys Ggaffi vor sich – «mùglichscht weenig Wasser, ki Mùùch ù ki Nydla».

«Ebe, geschter isch de lötscht Quatembertaag im September gsyy», verzöüt di jùngi Forscheri. «As chenti scho syy, dass öji Gschùcht ù dia det im Touggli mit dene Taage z tüe het.»

Ds Lisi ù de Beat sy totaau gspannt, was sia dezue wiiss. Aber Touggli?

«Aba, i verwächsle ging di Löcher: Toggeli, Touggli, Tùntela. Hie isch es natüürlich d Tùntela.» D Frou Riedo giit zrùgg zùm Termin: «Wùsset: A Quatembernacht isch wyn a Zwùschewäüt, wo ganz vùü Sache glyychzytig chii passiere. Das isch interessant.»

«Nùme interessant fùr d Quatemberchinn, wo denn geboore sy?», fragt ds Lisi.

«Ja, vor alùm. Das sy di hellsichtige Lüt ùf der Wäüt.» Iines chlyyni Kira het i der glyychi Zyt o epis erläbt. Si het di lötschte waarme Taage no wöle uusnùtze ù a dem Wùchenend dùsse zäütle. Mitz i de Nacht het si müesse ga bysle ù het ùf ùm Rùckwääg as Liechtli gsee. Mengisch root, mengisch gäüb, mengisch wyyss. Nùme chlyy ù ging ùm si ùma. Iinisch ggùmpets voruus, iinisch schwirrt das Liechtli ùm iiras Chopf.

D Kira het interessiert ggùgget, emù erchlùpft isch si nüüt. Aber schliesslich isch si vom Schlaaffe choo ù das Liechtli het si müed gmacht. «Was woschù?», fragt di Chlyyni, wo ùmmi wetti ga lige. Vom Liechtli chùnt ki Antwort. «Sägg mersch, de chann der häüffe.»

Itz chùnt lyyslig zrùgg: «Sälü Kira, i bùs, dy Getti.»

Lang köört si nümme ù het Zyt naazdeiche. Schliesslich chùnt vom Liechtli: «Schöön, dass dù mier köörsch, Kira. I bù ging so ùnglùùblich stouz gsyy, dier ùs Gettimiitli z haa. Aber itz muesch dùù mier häüffe, Kira.»

Aus ob si sich wetti versichere, waartet di Stùmm fùr wytterzrede. «Isch guet, Getti», siit d Kira.

«Bevor i gstoorbe bù, hani a Seich gmacht. I ha vo dym Papi Gäüd ghùùsche fùr nas Stùcki Land z chùùffe. Natüürlich hani versproche, is zrùggzzaale. Aber won er denaa gfragt het, hani nümme devaa wöle wüsse. Tùma Chiib, won i gsyy bù.»

Ds Miitli siit nüüt ù losst zue.

«Itz isch ds Probleem, Kira: Bevor di Schùud nid abzauti isch, chani nit di eewigi Rue fùne. So lang mues ii ùs Liechtli über genau das Stùcki Lann überi schweebe, bis mier eper erlööst.»

«I wotts probiere», siit d Kira, wo ala Muet zämenümmt.

«Bi ööch im Stau, ganz hinder, det wo aube z hübschescht Chaubli gstanen isch − wiisch, dem wo d Schöönhiit näy i Chopf gstigen isch −, det isch as Bodebrätt, wo chli heller isch aus ali andere. Tue daas maau uuflùpfe. Drùnder isch as Metautrùckli, wo lengschtens gnue Gäüd drin isch, fùr im Beat di Schùud chene zrùggzzaale. Bitte, Kira, mach daas fùr mier ù my Seelefrùde.»

Na dem Satz isch ds Liechtli erlosche. D Kira isch ùmmi i ds Zäüt yygschnaagget. Si het im Getti tschau gsiit ù isch de baud ùmmi yypfuuset.

D Polizyy müessti iigentlich scho lengschtens d Suechpüez na dene Giischter übernää. Aber daas mit üm Beat ù syr Bezyig zù de Polizischte – dasch a Gschùcht fùr sich. Wen er son a Uniform gseet, isch daas outomaatisch verbùne mit ema schlächte Gfüu. «Ou Achtùng, a Tschùgger – macheni wùrklich auz jùscht?» Das isch vilicht di gueti, auti katolischi Schuu. De Beat het vo Chlyy aa ggwùsst: Dù bùsch as Schääffli ù muesch dier zwùschet de andere katolische Schääfflini verstecke. Ù we dù amaau epis andersch machsch, aus d Chùùcha gsiit het, de blüüt der ds Fägfüür. Oder dù chùsch gredi i d Höü!

So äänlich het ersch hie o gspùrt. Di Lantjeger hii a spezieli Gwaut repräsentiert, won er nit verstane het. Da isch er lieber uusggwiche. Klaar macht d Polizyy scho lengschtens Positiv·wäärbig mit «dein Freund und Helfer». Aber dä Reflex stöüt sich bim Beat nid yy. Är siit lieber: «Hùùf der säüber, schùsch machts niemer.»

Dä Reflex heicht awä o mit der Gschùcht vor guet füüf Jaar i de Nesslera ùne zäme. Denn isch im Beat so jùscht klaar choo: D Tschùggere lääbe nid i de glyychi Wäut wyn äär. Ù d Zwùù·spraachigkiit im Kantoon machts eersch rächt nid iifacher.

Asch denn scho fiischter gsyy. De Beat isch mit sym Mitsubishi ùf de Näbestraass dùr e Wyller Nesslera gfaare. Dä isch graad a de Grenza zwùschet de Gmiine Tentlinge, Santifaschtùs ù Mùrett. De Bach trennt daa de Seise- vom Saanebezirk.

Är isch ruuch gnue ùnderwägs gsyy, dass er ne eersch im allerlötschte Moment gsee het: A schlächt belüüchteta

Traktor mit Aahänger isch nar a Kùùrva hindertsi ùf e Wääg usagfaare. De Beat het sofort gmeerkt: Das längt nümme fùr stùù z haa. Di zwee hii probiert anenann verbyy z choo, aber de Beat het rächts im Ùùgewinkù epis waargnoo, wo ne het la zrùggzùcke: i di Richtig chan er nümme mee uuswyyche.

Di zwùù Gfäärt hii sich gstreift, bevor si de hii chene stùù staa. De Rùckspiegù am Outo vom Beat het wy gglùmpereta Gspinetz ayghanget. Ù de leng Chräbù vom Kootflùgù über beid Tùùren überi het er eersch zmoonerisch gsee. Aber rächts vom Outo isch nüüt gsyy ùssert a Haag ù ds Poort zùm nooche Nesslerebach.

D Kira isch bi dem chlyyne Ùnfau epa anderthaub·jerigi gsyy. Si isch aaggùùrteti hinderine gsässe, ù de Beat het sofort ggùgget, wyn es ra giit. Ds Miitli isch mit uufgschrissne Ùùge daaghocket ù het yydringlich gsiit: «Papi, ggùgg! Papi, ggùgg!» Dewyle het si mit ùm Finger i di fiischteri Nacht usiziigt.

De Beat het ggùgget ù ggùgget ù nüüt gsee. «Dasch nüüt, Kira», het er si probiert z beruhige. Aber di groosse Ùùge vo de chlyyni Kira hii a anderi Spraach ggredt: «Papi, ggùgg!»

De Beat isch de uusgstige ù het mit dem öütere Traktorfaarer afa rede. Är het ne o graad ùf di koomischi Reaktion vo de Kira aagsproche. Da het de Auta nùme mit de Achsle zùcket ù gsiit: «Hie isch haut früer a auti Mùli gstane. Da hets aube ghiisse, as stùi.»

«As stùi?», het de Beat zrùgg·gfragt. «Was isch de daas?»

«As het haut ggiischteret.»

Si hii no chli ggreetiget über Voortritt ù Schùud. Ja, wär isch daa tschùud? Awä beid abitz, hii si sich mee oder weniger ggeiniget. Schliesslich het de Beat wöle wytterfaare, aber sy Chlapf het ùmzverrode nümme wöle aagaa. Blockiert, abgsùffe, yygschlaaffe? Dùr daas het o de Traktor ki Platz ghääbe fùr looszfaare. Au zäme sy föscht·ghocket.

Eersch wo d Kira vom Outo uusgstigen isch ù ganz langsam ù styyf ù fierlich het afa ùmalùùffe – si het schynbaar epis imitiert, wo si graad gsee het – da isch ds Outo im näächschte Versuech ùmmi aaggùmpet. Di zwee blockierte Mane hetti itz iigentlich chene gaa, aber si hii äbe de Polizyy aagglüttet ghääbe. Itz hii si haut müesse waarte, bis dia chùnt.

«Endlich!» Chùùrz nam Grüesse vom jùnge Uniformierte het de Beat afa prichte.

«Je ne comprends pas de Singinois», het de wäütsch Tschùgger abggwùnke, o we de Beat di ganzi Zyt hochtütsch mit iim ggredt het. Dasch scho schreeg: Wen a Seisler Traktor, a öütera Seisler Puur, a Seisler Outofaarer mit sym Seisler Chinn ùf ema Seisler Wääg a Zämeputsch erlääbe – de chùnt a wäütscha Tschùgger vo Mùrett ääne, wo kis Wort Tütsch verstiit. Da het awä d Zentraala z Grangsch-Paggù dii vo Mùrett avisiert, wyl dii nööcher sy. Oder wyl dii graad nüüt z tüe ghääbe hii. Nit dass no eper vo de Pöschte Taafersch oder Plaffeie i dä Chrachen ay müessti.

De Beat isch nit de Hirsch im Wäütsch. Är het guet gnue chene, fùr in as par Missverständnis drinyy z freese oder sich i Probleem yyzrytte. Aber sys Wäütsch het de nit gglängt, fùr sich daa ùmmi usizrede. Im Puur isch es offebaar äänlich ggange, jedefaus sy di dryy Mane ùf ds Maau lut choo ù hii i de verschidenschte Spraache afa flueche. Eersch we d Kira ab dem Ùmabrüele het afa päägge, hii dii sich abitz beruhiget. De Beat isch emù haarschaarf a ra Buess wäge Beamtebeleidigùng verbyy gschramet.

Ù zyt denn man er äbe Tschùggere nümme schmecke.

18

«Das chùnt scho guet», siit d Bertha Pürro knapp zwoo Wùche drùf am Chùchitùsch vo de Husmatt. Di auti Husiereri ù Chrütterfrou het as Ggaffi vor sich – «Incarom mit ganz weenig Pùuver ù vùü Wasser». Schlùssamend het ds Lisi di Frou in era Hùtta im Mùschereschlùnn hinder gfùne. Det verbringt ds Chrütter-Bärti groossi Tiile vom Sùmmer.

As gseet nit so uus, aus ob mù vor der chlyyni Frou müessti angschte. Si hocket zmitz i Päcklini vou Wùüdchrütter, Schwùmm ù Chäärne, zwùsche Ggùtterlini mit Sirup ù Tinktuure. Z Bärti sammlet ù veraarbiitet auz fùr de ab ùm Hörbscht – itz äbe aafangs Oktoober – ùmmi de Hüüser naa mit iiras Waar. «A Gùmi», sääge ra di aute Lüt. Settig Gùmeni gits fasch kinner mee.

«Was chùnt scho guet?», fragt de Beat aagrùffig. Är isch überzügt, dass sia bi der ganzi Aasammlig vo Ereignis d Fingere im Spùü het. Är ggùgget ra sowysoo ùf d Fingere, dass si nit cha d Husmatt ù iines Chùchi verhäxe. Är het so vùü Fraage ù hetti am liebschte graad mit ema Verhöör aagfange – ù sia laat hie settig Sprùch usi.

«Ù wysoo hiit er im Früeling ùs hiiterùm Hùmù vom Verirre afa rede?», wott o ds Lisi wùsse.

Ùf e gspannt Blick vo dene zwùùne siit di auti Frou aber: «Chenteni nid a Gùtz Chùscht im Ggaffi haa?»

«Jùù, tschùudigùng», macht de Beat ù ggùmpet uuf. A Gascht mit ema Wùnsch, das tuet ara Seisler Seeu wee. «Va wölùm am liebschte?»

«Am böschte graad dää, wo di dryy Mane i der berüemti Nacht trùùche hii.»

Fùr daas muess de Beat zeersch Pinggùs Töönù ga fraage. De Schwigervatter siit aube niit, wem dass er wöla Schnaps uuftùschet. Aber wùsse tuet ersch no Maanete speeter.

De Töönù chùnt de graad säuber i d Chùchi, brùmmlet epis Gruessäänlichs ù nùmmt vom obere Pùfetli d Ggùttera mit de Pùschelibiire aha. Är nùmmt as Gglesli usa, aber d Bertha wott akiis. «Ifach graad dri», siit si. «Lieber as Fertig.»

Dewyle chùnt o ds Agnes, d Mueter vom Lisi, i d Chùchi. Si lafere ùber ds Choo ù Gaa vo gmeinsame Bekannte ù de Beat ù ds Lisi müesse sich no awee gedùude. Pürros Bärti überchùnt de no a zweiti «Schwägla mit Chùscht», wy Pinggùs Töönù siit. Si triicht awee, rùckt de a d Tùschplatta zùha ù feet mit ema Flackere i de Ùùge afa verzöle.

«I ha denn scho köört, dass der ööch ùf d Suechi gmacht hiit. Ù das Verirre chenti äbe scho mit Faarn z tüe haa. Faarnsaame gäute ùs Wùndermittù. Wär daas i ds Schiesspùuver mùschlet, priicht mit jedùm Schùss.»

Ma säägi doch im Faarn o «Engelsüss». Ob de dä Naame mit Aberglùùbe z tüe hiigi, fragt ds Lisi.

«Neei, das cheemi schynts vom süesse Gschmack vom Wùùrzùstock, vom sogenannte Rhizom.»

«So itz!», faart de Beat dri. «Das Faarn-Gglier isch scho lang ùm e Egge. Hiit er epis z tüe mit dene liide Sache, wo dissjaar a de Quatembertaage passiert sy?»

«Neei. I ha aber vom einte oder andere köört.»

«Wenn hiit er Gebùrtstaag?»

«Si sääge am 13. Dezember 1939. Aber i ma mi nit bsùne.»

De Beat git ds Datum flingg bi Google yy: «Midwùche. Quatemberchinn, he?»

«Ja, i wiiss. Froufaschte.»

«Wie?»

«Frou-Faschte-Chinn hii mer dem ging gsiit.»

«Nit Fronfaschte?»

«Froufaschte isch bi üüs as andersch Wort für di Buess-ù Faschtezyt i de Quatember. Wier hii üüs drùm ging a auti Frou drùnder vorgstöüt.»

«I wetti gäär wùsse, ob der as Alibi hiit», nùmmt de Beat ds Höft ùmmi i d Hann. Är stöüt gäär Fraage, das git iim näy Zyt zùm Deiche.

«Für wenn?»

«Zùm Byschpùü denn, wo Aebys Kari im Toggeliloch drachoo isch. Oder denn, won a Giischt i de Höli hinder dryyne nächtliche Chùüter Chnöpf i d Aarme gmacht het.»

«Da fùne mer sicher as Alibi. I füere zùmlich konsequent Taagebuech.»

«Apropos Alibi: Ù iigentlich dùù, Tooni», treeit sich de Beat abrupt zùm Husmatt-Puur ùm.

«Alibi? I bù epa bi de Chüe gsyy. Ù das wiiss sogaar a Nit-Puurebueb wy dùù, Beätù, dass dii kis Alibi chii gää.»

Im Beat syni Taktik heicht am a dùne Fäädeli, wen er ds Bärti fragt: «Ier wùsset, was mù de Fronfaschte-Chinn naasiit?»

«Dass si Gspengschter gsee ù i d Zuekùnft chii ggùgge.»

«Genau, Kontakte zù bööse Giischter, Häxe ù Tüüfle.»

Är isch ging lùtter choo, aber ds Bärti nùmmt dem Satz d Scheerffi, we si lyyslig sit: «Ùn i ha doch itz wùrklich ddeicht, ier riichit mier, für ööch z häüffe.»

«Ob der ùf üseri Sytta syd, müesse mer scho zeersch wùsse.»

«Aber Häxe chää de i de Schwyz scho lang nùmme verbrone.»

Langsam cheert d Stùmig ù ds Lisi fragt fyn: «Chentet er üüs de häüffe?»

«We der dragglùùbet, de schoo.»

«Hùüft daa my Schnaps?», mùschlet sich itz de aut Husmatter yy.

«Jaa, das isch no as wichtigs Mosaikstiinli», antwortet ds Chrütter-Bärti, «dass i daas mit de Wùüdi Jagd cha begrüüffe.» Itz sy aber ali gruusig gspannt.

19

We de Beat ds Stichwort «Wùüdi Jagd» köört, ggùmpet graad a Trùùm vo de lötschti Nacht i Vordergrùnd. Das Erläbnis isch iim so ächt erschine, dass er lang nit gmeerkt het, dass es nùme a Trùùm isch.

Är isch am Aabe dùr ds Seise-Oberlann ga wandere. Wùnderbaarsch Wätter. Aber itz chùnt es i dem Trùùm i chùùrzeschter Zyt stockfiischter, d Nacht bricht yy. As feet afa zye ù näy ging mee afa stùùrme ùber d Matte ù d Höüzer ùberi. Mit ùm eerschte Rään ù de Wùuche sy brannschwarzi Gstaute cho flùùge. Si hii a de Bùùm afa schryysse ù stoosse ù mùùrde, wy si jeda Einzelna mitsamt de Wùùrzle wetti uusschryysse ù mitnää.

A iim Oort isch d Hustùùr offeni gsyy ù di schwarze Erschyynige sy gredi dùr e Husgang dedùùrgfreeset ù hinder ùmmi usi. Meischtens isch a groossa Pööggù voruus, di andere 50 oder 100 fiischtere Näble hindernaa. Ali irgendwie ghetzt ù ùf de Jagd, het es de Beat tüecht. Ù chum sy di wùüde Pööggle ùmmi gäge Hùmù uufgstige, hets ne tüecht, är gseegi a Pfaarer i de Wùuchebùùder ine. Aber nid a Pfaarer mit Stoola ù Chrüz, sondern iina mit Ggweer ù schwarze Jagdhùne. Dä Pfaarer het mù ggwùnke, är söli mitchoo. «Chooom, chooom», het de Stùùrm das Winke ergänzt.

Sogaar im Trùùm het de Beat ggwùsst, dass es sich loont, bi settigne Uuffoorderige nid epa fräch z choo oder sogaar z spöttle. Neei, fortcheere ù de ander Wääg ggùgge! Är isch a Bode gglääge, het ds Gsicht i ds Chrutt trùckt ù het d Aarme hinder ùm Näcke gchrüzt. Paanik het er ghääbe i dem Auptrùùm ine. Das gspùrt er no itz – 13 Stùnn speeter – wen er dradeicht. Är het de emù lang nümme chene yyschlaaffe ù as het ne o ùnder ùm dicke Dachbett tschuderet.

Ds Chrütter-Bärti het bi der Gschùcht groossi Ùùge gmacht ù drüümaau «asch nid epa waar» vùrapresst.
D Kira chùnt i d Chùchi ù bechùnt no graad ds Verzöle vom Trùùm vo iiras Papi mit. «I ha o trùùmt», siit si, «ùmmi vom Getti.» Är hiigi ra ùbere Chopf gstryychlet, hiigi gglächlet ù sygi de ùmmi usi ggange. Oni as Wort z rede.
«Hesch de dùù ki Angscht, Kira, we de Getti chùnt?», fragt itz o ds Chrütter-Bärti.
«Neei, a Huuffe isch nachts bi üüs ùma: schwarzi Chatze ù rooti Hùnn. Aber as passiert nüüt.» O nit denn bi iiras Giischterbegägnig vor mee aus füüf Jaar i de Nesslera. Da ma sich d Kira sowysoo nümme bsùne.
«Ù de Getti het nüüt gsiit?», booret de Papi Beat naa.
«Löschi Nacht niit, aber vor sùbe Taage isch er scho maau bi mer gsyy. I has de vergässe z sääge.» D Kira verzöüt vom Liechtli bim Zäütle, vom Getti ù vo dem Trùckli, wo chenti im Chaublistau hinder im Bode ine syy.
«Aber loss, da gaa mer doch maau ga ggùgge», siit de Beat. Zäme lùpfe si das heller Bodebrätt uuf ù fùne det drùnder as Metautrùckli mit 50 000 Stùtz drin. «Chrüzaas an a Bùùm aa!», schwappets im Beat ùs ùm Muu.
«Ebe, dasch dyys», siit d Kira. Ù si gspùrt genau, dass sia de Uuftraag erfùüt het. Si wùrd itz das Liechtli ù iiras Getti nümme gsee.
De Beat laat scho epa z zwenzigscht Maau mit ùm Tuume di 200er- ù 1000er-Nötlini la flattere. Är weeit mit de Nötlini über ùm Chopf ù brüelet gäge wùy: «Merci, Stöffù!» Ù d Kira! Di erchlùpft nid amaau ab dene Begägnige

ù vergisst sogaar z verzöle. «Merci gau, Kira. Dù bùsch groosaartig.»

Ù daas graad topplet. Het d Kira vo «sùbe Taage» ggredt, chùnt im Beat i Sinn: Mùlhusersch Mynù isch doch nach 13 maau sùbe Taage z Sizilie erwachet. Das wott er ùnbedingt o no berächne – ja, ggùgg dùù! 13 maau sùbe Taage sy genau de Rhythmus vo de eerschte zù de zweite Quatembertaage im Jaar. D Zyt vo Äschermid-wùche bis zùm Midwùche na Pfingschte. Seer uuffälig!

Pinggùs Töönù bechùnt vo dem nùmme mit. Är het syni Brùla ggrichtet, isch ùs de Chùchi usi ù het sy Flùnta i Ggùferumm ggliit. Mit Mùlhusersch Mynù, Stritts Fridù ù Fasùs Hubertla isch er obsi fùr ga z jaage.

«Dùù, am Sùnntig!», siit ds Lisi mit ema Blick ùf e Ka-lender. Dasch itz awä ds eerscht Maau, dass im Pappa di sächs Wärchtige nùmme länge fùr chene ga z jaage.

Ds Lisi schùckt emù de Vouskùndleri Riedo no as SMS fùr z sääge, dass er ùnderwägs sygi. Asoo hii sis ab-gmacht. Dass er nie as Alibi het, macht ne äbe haut glyych verdächtig.

Si hocke ùmmi a Chùchitùsch vo de Husmatt ù nää no as iifachs Ggaffi – itz nùme no ds Lisi, de Beat ù d Bertha.

«As isch ja ùnglùùblich, wy vùü Lüt so Giischter-gschùchte kene. Ù wüvù i dem Jaar epis erläbt hii», siit ds Lisi. Hööchschti Zyt, dii gnaauer aazggùgge.

«Das mache mer», verspricht ds Chrütter-Bärti. «We der itz mee ùf mier loset, chùnt daas guet. Mier bruuchet er o kinner SMS z schùcke.»

Di drüü höckle a dem Aabe no lang zäme. De Beat gseet ds Chrütter-Bärti itz ùs mùglichi Häüfferi. Är het bim Befraage ùmgsattlet: «Da hets doch im Verlùùf vom Jaar mengs Maau Ereignis ggää, wo mer nit hii chene erklääre. Ds Lisi mint, das chenti mit de Quatembertaage, oder wy der sääget Froufaschtetaage, zämeheiche. Stùmmt daas, Frou Pürro?»

«I deiche schoo, aber i hoffes niit.»

«Wysoo nit?»

«D Froufaschte sy am Übergang zù de Wäüt vo de Toote. Das isch ja no kis Probleem. Aber di schlùmschte Froufaschtetaage sy ging dii vor Wienachte. Di chää auso no eersch.»

«Was hiisst daas: Wäütùndergang oder soo?»

«Neei, asch lengschtens nid auz negativ. Froufaschtechinn chii mengisch a Kontakt mit ùm Jeensyts häärstöle. Das cha ja o häüffe.»

Ds Lisi ù de Beat hii je a Kopyy vom Übersichtsblatt vor sich uusgspriitet. Si verzöle, was si scho wùsse oder miine z wùsse. Graad i Giischtersaage chäme ja di Quatember hüüffig voor. Drùm schyyne dii hie wichtig z syy.

Ds Chrütter-Bärti losst zue ù stryychlet dewyle im weiche Plüschmüüsli, wo ùf ùm Tùsch lige bblùben isch, ùber Chopf ù Rùgg. Si nickt bi de Daate vo de Ereignis ù bi de Gebùrtstaage vo de Betroffene. Si ergänzt Informatione. Asoo bechùnt ds Bùùd rùnd ùm di Quatembertaage langsam Kontuure. Offebaar gits vor alùm z Mitternacht ù im Houz ùsse Plätzlini, wo Gott nit son a gueti Sicht ù ki Zuegang mee het. Denn passiert allerlei.

«Im Töönùs dryy Frùnde hii ja o gmint, Gott ggùggi zmitz i de Nacht nit so gnaau häre», wiiss de Beat.

«Epis müesset er üüs no erklääre», heicht ds Lisi aa. Quatember sygi iigentlich chrischtlichi Buess-, Bätt- ù Faschttaage. Denn isch aber o de Zuegang zù de geischtigi Wäüt am iifachschte. «Wy passt daas zäme?»

«Scho di mittùauterliche Chrischte hii äbe gmeerkt, dass denn d Gfaar vo gottloose Gstaute am grööschte isch. Drùm het mù denn d Nööchi zù Gott bsùndersch gsuecht – ù ùm sy Byystann bbätte.»

«Aber hüt gglùùbt epa de niemer mee a chùüchlich Gott.»

«Oni Gglùùbe a Gott verschwinde ds aut Wùsse ù ds Beobachte vo speziele Ereignis nid ifach asoo. Ma cha si nùme nümme erklääre.»

No lang reetige si hin ù häär ù leere vùü. We d Grossmama Agnes mit de Kira i d Chùchi zrùgg·chùnt, fragt ds Lisi: «Näät er epis z ässe, Frou Pùrro?»

«No gäär abitz. Merci vùùmaau.»

«Leider chani ki Chees uuftùsche. Dä hii d Maade verwùtscht.»

«Cheesmaade? Nid epa! Zyt wenn?», chùnt vom Bärti zrùgg.

«Vordersch Wùchenend. Wier hii ne im Chäller gglaageret wy schùsch o ging. Gau Mama.»

«Het epa eper Wùla gspùne?», fragt ds Bärti.

De Beat schùttlet de Chopf: «Nit dass i wùssti.»

«Moou, d Kira», siit ds Agnes. «Chùùrz nach dym Gebùrtstaag isch daas gsyy, gau.»

«Ds Miiteli? Ou neei! Asch schlùmmer, aus i gmint ha», siit d Bertha. Si düttet im Lisi aa, dass si daas o söli uufschryybe: «Ggùgget, ob denn Froufaschte gsyy isch – ù di Chlyyni as Froufaschtechinn.»

«Isch si!», faart de Beat dezwüsche. Ù lyyslig fragt er: «Müesse mer si besser schütze?»

«Il faut l'enfermer?», fragt ds Lisi ùf Wäütsch, dass d Kira is nit verstiit.

Ds Bärti stryychlet ùmmi ds Müüsli. «Neei, i gaa devaa uus, dass bis zù de näächschte Froufaschte nüüt passiert. Ù as sy awä eener d Nit-Froufaschtechinn gfäärdet. Aber denn chentis räble!»

«Guet! Wes eersch im Dezember wyttergiit, de hii mer itz Zyt üüs z ggriise. De chii mer au Schritte guet dedüür-deiche», siit de Beat.

Ds Lisi schlùckt itz leer ù pyyschtet schweer. Si trùckt d Kira föscht a sich, wäge si wiiss: Da chùnt epis ùf d Famyli zue.

21

Da chùnt Halloween. A Spezialischt vo de Kriminaaupolizyy het im a Interview i de Frybùrgera ggwaarnet, so ùnerkläärlichi Sache passieri vor alùm denn. Bim Übergang zwùsche Läbige ù Toote cheemi dii vo äänefùùr gäär disefùùr ùbera. Drùm cheni hie allerlei passiere. I settigne Zytte sygen es feyawee gfäärlich.

Das Waarne fùndt im Seiselann as Publikum. As schwappet a rächti Wäla vou Angscht vo Flamatt bis i d Keiseregg wùy. Ganz vùù Lüt gschliesse sich dehiim yy ù waages chum mee z schnuufe.

O ds Lisi, de Beat ù d Forscheri Riedo hocke am 31. Oktober am Aabe i de Chùchi vo de Husmatt ù passe: Radio ù Lokaau·feernsee aa, Facebook ù Twitter offe ù mit meerere Informante am Tschätte. Sogaar a Kontakt zù de Tschùggere hii si im lötschte Moment no zwääg·bbraacht. Aber nit nüüt passiert – rein gaar nüüt. Nid amaau verchliideti Chinn chää cho fraage fùr «Süsses oder Saures».

Dryy Taage na Halloween isch ds Chrütter-Bärti ùmmi amaau im Cheer. Ds Lisi isch dra, de Gaarte winterföscht z mache. Da stiit di Husiereri chùùrz nam Znüüni am Gaartemùrli ù kläärt uuf, dass Halloween nit di jùschti Spuur hiigi chene syy. «Das sy zwùù Paar Schue. Vo Halloween bis Allerseele tüe wier di Toote eere. Das sy zwaar Ùnruhenächt wy d Walpurgisnacht, Heiligaabe oder d Rounächt ùm Wienachte ù Nüjaar. Aber dass di Toote üüs chää cho psueche ù wùüdi Nachtjääger üüs jaage ù plaage, dasch epis vo de Froufaschte.» Si hiigi ja scho lang gsiit, dass es eersch denn ùmmi chenti gfäärlich choo.

Ds Lisi het de no naagfragt, wy de daas so isch mit Halloween ù de Kelte. Denes Jaar feegi doch am 1. November mit ema groosse Tootefescht aa. Vo dem uus cheemi doch Allerheilige ù Allerseele – ù Halloween sowysoo. Dä Zämehang sygi fùr sia emù klaar.

Nit ganz, siit ds Chrütter-Bärti ù stryycht sich as par Rùmpf ùs ùm Rock. D Kelte ù iines Wùsse ù Leischtige sygi scho rächt. Aber da·iinisch hiigis ùmmi a Forscher bestäätiget: «Was hüt ùs tüpisch keltisch aagsee chùnt, isch meischtens nùme as Produkt von era nüüzytlichi Kelte-Ideologyy.» D Kelte hiigi sich i der Zyt fùr e Winter gwappnet – ù äbe o gäge übernatüürlichi Chräft. Settig sy im Winter bsùndersch uuspräägt.

Ob de daas bi de Quatembertaage nid o chli asoo sygi?, blybt ds Lisi dra.

«Aba!», laat ds Bärti usi. «Neei, det gits sogaar Spuure, wo zùm Tüüfù füere!»

Das Bäärgfroueli redt nomaau über di Cheesmadlini. Ds Lisi söli doch o graad ggùgge, wäär ds Töchterli zùm Spine bbraacht hiigi.

«Aber fùr di meischte Lüt hie sy doch d Froufaschte ifach Faschttaage – we mù si überhoupt no kennt.»

«Genau daas isch ds Gfäärlicha, ma het si vergässe! Häbet Soorg ù deichet dra», antwortet ds Chrütter-Bärti. «Passet vor alùm am Aabe nam Bättelütte uuf.»

D Bertha ù iiras Wùsse sy im Lisi mengisch fasch chli ùhiimelig.

Am nächschte Taag chùnt Pinggùs Töönù ùmmi verhaftet – wen er hiimchùnt mit ama Ree.

TEIL 2

1

Pinggùs Töönùs Lisi ù iiras Maa sy gspanet wyn a Aarm-
brùscht. Ù nit nùme daas. Si hii sich voorgängig im ganze
Seisebezirk Schlaafmùglichkiite gsicheret. Im a privaate
Bed-and-Breakfast, im a Chalet, wo scho lang leer stiit, bi
ra Chläbtanta vom Beat ù im aute Chinderstùbli vom a
ehemaalige Schuukoleeg vom Lisi. Das bruuchts, we si de
amaau a ra hiissi Spuur as par Taage müessti drablyybe. Si
hii as Mythologiebuech bsoorget, a Airbag fùr a Rùgg, a
Roosechranz ù Chnoblùùch·guetzini. Was gäge Vampyyre
guet isch, cha o hie nit schaade. Di zwùù sy fescht ent-
schlosse, das saagehaft Räätsù z lööse. As isch Zyyschtig,
de 14. Dezember.

«Moor isch de eerschta vo de näächschte Quatembertaa-
ge. Hii mer auz?», fragt Husmattersch Beat.

«Jawoll», git ds Lisi Bschiid. Si sy kaneti. Nit vergääbe
hii si sich wöle gäge ali Eventualitääte absichere: «Ma
wiis ja nie!» isch iina vo de hüüffigschte Setz gsyy, wo si i
de lötschte Wùche bbruucht hii.

Am Aabe schleet ds Wätter ùm. Ds Thermomeeter kyyt
ùnder null. As chuttet, hulaaneret ù tschäderet dùsse. «Isch
daas nid achli früü? Asch doch eersch moor Froufaschte»,
siit ds Lisi. Si het d Beziichnig «Froufaschte» vom Chrüt-
ter-Bärti fix übernoo.

«Was giit üüs ds Wätter aa?», mùderet de Beat. «Diss-
jaar chùnt es sowysoo ging andersch, aus dass si gmäüdet
hii. Masch di bsùne, denn im September, wo de Blitz as
Ggùschti erschlaage het?»

«Ja, gspässigs Wätter im Seiselann.»

«I hoffe, wier mache di ganzi Üebig nit vergääbe», faart de Beat fort. «Schùsch weeni de lieber ga houze.»

«Sägg nit so epis! We mer di Absicherige nit vergääbe gmacht hii, hiisst daas ja, dass epis Schlùmms passiert. Mier isch emù lieber, wen es nùme a Feeu·alaarm isch.»

De Beat antwortet nit diräkt ùf daas, wo sia gsiit het. Warschynlich het si auso rächt. «Masch di bsùne, wy mer a Halloween gschlotteret hii? Auz vergääbe!»

Si gùslet di Gschùcht ùmmi vùra. Nid amaau verchliide-ti Chinn sy cho fraage fùr «Süsses oder Saures».

2

«Dùù, i gglùùbe, itz giits loos!», siit ds Lisi, bevor si ds Telefon am näächschte Moorge abnùmmt. Füüf vor sùbni! Si isch itzde graad eersch kanet mit ùm Zmoorge. Dasch normalerwyys ki Zyt, wo i de Husmatt scho ds Telefon lüttet. Dùsse taagets no kis bitzli, itze, Mitti Dezember.

De Maa am Telefon töönt verängschtiget wyn as Chùnggeli zwùsche zwoone Schlange. Är schaffts fasch nit, afa z verzöle.

«Syt er itz i dem Moment i Gfaar?», fragt ds Lisi.

«Neei, asch verbyy», stiglet de Maa.

«Chùnts ùf zää Minutte drùfaa?»

«I gglùùbe nümme, neei.»

«Ebe, de machet nùch as Thee, wo beruhiget. Kamile, Zitroonemelisse oder o Lavendù. Ablige ù as parmaau dedùùrschnuufe. Näy lüttet er hie no iinisch aa fùr z verzöle.»

«I hetti vori graad Beruhigùngs·thee ùberchoo.»

«Dasch doch guet, machet dää.» Ds Lisi wächslet ùf ds Maau d Stùmmlaag: «Wy syt er ùberhoupt zù üüs choo?»

«As auts Froueli mit ema Buuchlaade vou Chrütter het mer vori ggraate, i söli ööch aalütte.»

«Isch guet: Lüttet aa, we der ùmmi gnue Spùùfer hiit. Wier häüffe!»

Dä Maa, Mattersch Viktor, isch lösch Nacht vom Zouhuus gäge Schwarzsee hinderi gglùffe. Är isch devoor tou versùmpfet i de Beiz im Zouhuus ù het sy aut Rapid la staa. As het zwaar tou gglùftet ù ging epa ùmmi gschiffet, aber Viktöörli het gsiit: «Rään macht schöön – ù spüelet mier d Schùssla uus.»

Im Höüzli zwùschet de Seisa ù de Aafäng vo de Liechtena isch er scho a toli Haubstùnn ùnderwägs gsyy – Mitternacht isch choo. Da het er as Ggüüsse ù Stööne ù Brüele vernoo. De Matter isch es ggwaanet gsyy, aliinig nachts ùnderwägs z syy. Är het ddeicht, das sygi kis Brüele sondern ds Stùùrmwätter. Jaja, ùber iim isch a wäüts schwarzi Wùucha drùber, gfùüt mit fiischtere Schätte, wo sich ùber ùm Seeschlùnn bewegt hii. Langsam isch das grüselig Läärm·gmùsch lütter ù nööcher choo. Aber nit nùme am Hùmù.

«Was isch ächt daas?», het sich Viktor gfragt ù bsùndersch guet häregglosst. Är het probiert, i de fiischteri Nacht epis z erkene. As het töönt, wy wen as Tier sich i d Brùscht wùrffti, fùr as andersch yyzschùchtere. Mengisch wyn a Gemschbock oder a Hùnn oder a Fùchs – oder o graad auz zäme.

Neei, de Viktor isch ki Gfùùrchiga gsyy ù itz het ne sogaar de Übermuet packt. Är het im Wytterlùùffe awägg das liid Brüele afa naamache. O äär isch ging lütter ù ùschaffliger choo. «Grooshans!», het er dezwùsche i d Nacht usi afa brüele. «Minschù epa, meechisch mier Angscht?» Är het wytter di liide Ggrüüsch naagmacht ù bbrüelet: «Angschthase, Pfäfferhase, moor chùnt de Ooschterhase!»

Ùf ds Maau het Viktöörli diräkt hinder iim as wùüds Stampfe ù Pyyschte vernoo. De Matter het sich gcheert fùr z ggùgge, aber asch scho z spaat gsyy. Är het nùme zwùù fùürig·rooti Ùùge gsee. Da isch scho a schwarza Bock dem Nachtvogù ùf e Pùggù ggùmpet ù het sich a de Achsle ù am Rùgg föscht·gchralet.

«Auwääää!», het de Viktor vou Schmäärz meereri Sekùnde lang bbrüelet. Är isch loosgsecklet, gäge Schwarzsee, gäge hiimzue. Dä schwarz Giissbock ùf sym Pùggù

het schaadefröidig gglùggset. Är het ds Lache jùscht usi-
trùckt, dewyle won er synner Giissbock-Chrale ging mee i
d Hutt yytrùckt het. Das lut Lache isch dùr March ù Bii.
Ùs de Schnùra het de Bock gstùùche wyn a Waud vou Af-
fe, ù Uusdùnschtige het er ghääbe wyn a Gùftschrank bi
de Novartis.

De Spotti drùnder het ds Chotze zvorderischt ghääbe,
aber är isch wyttergsecklet ù gsecklet bi de Stùùrnena ù im
Tromooserli verbyy gäge Schwarzsee zue. Eersch yygangs
vo de Chreeza, wo de Viktor woont, het dä hassig Bock
endlich sys Opfer loosgglaa. Mit zweene, dryyne gwautige
Setz isch er ùber d Seisa ùberi, dùr ds Höüzli ù fort.

Mattersch Viktor isch nid amaau 20 Meeter vor syr Hus-
tùùr zämebbroche. Eersch äbe di Frou mit dene Chrütter
het ne gfùne. Si hiigi mù ghouffe uufstaa, zùm Huus gaa ù
d Tùùr tuuffe. Si hiigi scho maau ds gröbschta mit Chrütt-
lini abteckt ù äbe das Beruhigùngs·thee ùn as Zedeli mit
ema Telefonnùmmerù i d Hann trùckt. Är söli mùglichscht
baud i de Husmatt aalùtte.

Ù itz – itz müessen er ga lige, siit Viktöörli, ùnbedingt.
Är gspùris scho sackermeessig: extreems Chopfwee mit
Sehstöörige. «Ù as wachse mer schwarzi Püle vou Iiter.»

3

Pinggùs Töönùs Lisi ù Husmattersch Beat hocke im Outo
– ùnderwägs i Schwarzsee wùy. D Täscha fùr settig Voor-
fäü hii si scho lang packt ghääbe. Im lötschte Moment het
ds Lisi no a Fiebermässer drigschmiizt. «As cha guet syy,
dass Mattersch Viktor gaar akina het», erkläärt dia, wo itz
am Stüüraad hocket.

De Beat näbezùy siit lang nüüt. Är schynt a epis ùmaz-
sùne. Schliesslich nùmmt er di zweiti A3-Übersicht vùra ù
klappet si uus. Är ziichnet as blaaus Fäüdli mit ùm Giiss-
bock ùf ùm Viktorsch Pùggù. Das Fäüdli blybt wyyss –
geschter isch knapp näbet de Quatembertaage gsyy.

Aber das Verglyyche ù Hùrne vom Beat isch nit vergääbe:
«Ja, klaar deich!», laat er usi. «Bi aune Ereignis, wo
mer bis itz no hii müesse wyyss laa, hii mer a Überlegigs-
feeler gmacht. Wier sy devaa uusggange, dass a ‹Quatem-
bertaag› zeersch de Taag ù näy no d Nacht hinder aa-
gheicht bechùnt. Aber i Wùrklichkiit feet ja jeda Taag
scho z Mitternacht aa! Drùm isch d Johannisnacht dia *ùf e
Johannistaag.* Di heiligi Nacht, d Walpurgisnacht oder
Halloween sy iigentlich o d Nacht am Aafang vom a wich-
tige Taag im Kalender – äbe d Mitternachtsstùnn. Genau
wy bim Viktor lötscht Nacht!»

«Interessant», siit ds Lisi, «aber ggùgg, itz sy mer graad
daa.»

Mattersch Viktor giits hùndsmiserabù: D Glider schweeri
wyn a Traktor, äär säüber gglùmpereta wy gwäschni Lin-
tüecher, a Grinn wyn as Määs. Ds Lisi gseet: D Chrale-
spuure vom Bock sy so tùùf – we dä Maa is ùberhoupt
ùberläbt, wääre mù dii wyn a Tätowierig blyybe. De Vik-

tor isch chum aasprächbaar. D Häüfferi nùmmt d Sanikel·bletter vom Chrütter-Bärti awägg ù macht mù füechti Ùmschlääg. Si lüttet im Nootfau aa.

De Beat suecht dùsse Spuure oder Züge. Är lùùft dùr d Höüzlini rùnd ùm d Chreeza. Är stuunet, i waas fùr na anderi Wäüt, dass er da chùnt. De Bode ù vùü Tane vo dem Höüzli sy mit Müesch ùberwachse. Ùmalùùffe isch wùnderbaar weich ù aagnääm. Ma het ds Gfüu, ma sygi ira Määrliwäüt. Aber asch o tou sùmpfig.

Im Beats Natel lüttet. Im Plassäubschlùnn, am Hang vo de Mùschenegg, sygi im Moorgegraaue epis passiert. De Hùrt vom Obere Birbùùmli verzöüt, i de lötschte Maanete hiigi as Haub·totze Zwäärge imù ghouffe bim Hùrte. Är hiigis bis itz niemerùm verzöüt. As Gheimnis.

Aber itz sygi doch lötscht Nacht son a frena Zwäärg uuftoucht. Är hiigi zeersch ddeicht: «Tipptopp, itz han ii o sùbe Zwäärge – wy ds Schneewyttli.»

Aber neei, as isch ki Zwäärg gsyy. «A Kobold», hii di sächs Zwäärge verzöüt.

Dä Kobold het sich im waarme Giissestäli yygnischtet. Är tuet am liebschte Zwäärge, Lüt ù Tiereni erchlùpfe. Hüt im Moorgegraaue isch er zwùschet de Giisse ùmaggùmpet ù het ne am Bart oder am Utter zoge. Är het chrampfaartig zùcket, bbrüelet ù di Gybe moordio erchlùpft. D Giisse hii sich vor lutter Flye ù Ùmaggùmpe gägesyttig verletzt. Ds Bluet het gsprützt im Giissestäli, iini het as Bii bbroche. Ù iini verliert awä sogaar ds Ùùg, wyl a anderi si bim Flye mit ùm Hoorn priicht het.

Wa de Hùrt isch ga ggùgge, isch dä Kobold verschwùnde gsyy. Irgendwo im a andere Versteck – oder ira anderi Gstaut. Iina vo de Zwäärge het näämlich gsiit, är hiigi de Kobold ùs Ggùggù gsee hinder de Hùtta ùma stouziere. Är sygi dra, d Zwäärge gäge Hùrt ù gäge d Tiereni uufzriise. «Dä Souhùnn isch nùme choo», chlagt de Hùrt, «fùr d Zwäärge vo mier fortzchùpple!»

«Merci», siit de Beat i ds Telefon. «Wier ggùgge maau, was mer chii mache.» Är giit zrùgg zùm Huus i de Chreeza, wo Mattersch Viktor graad abtransportiert chùnt.

We de Beat ùf enas Bänkli hocket u ali nüe Ereignis uufschrybt, da wott er dii o ùf era Übersichts·chaarta yyziichne. Da faut mù epis uuf: Itz im Dezember passiere vor alùm Sache i de Vooraupe. Hie isch a anderi Landschaft ùn a anderi Atmosfäära. Wen er vori dùr ds chlyy Lägerlihöüzli gglùffen isch, hets ne tüecht, jeda Moment ggùmpi son a Zwäärg hinder ma Bùùm vùra. D Landschaft mit der dicki Müesch·schicht passt perfekt zùm Zwäärge·bùüd i sym Chopf. Ù as schynt, dass d Lüt hie obe o empfänglicher sy fùr Zwäärge- ù Draachegschùchte. Vilicht ggùgge si o ifach weniger Feernsee oder Youtube, vermuetet de Beat.

D Saage hii ne ging fasziniert, aber nùme ùs spanendi Gschùcht, nit mee. Aber itz schynt er langsam involviert ù persöönlich betroffe. Guet, 50 000 Stei z bechoo isch zùmlich handfescht ù positiv. Aber as schynt o allerlei grüseligi Souchiibe z gää, wo i dene Taage d Seislerine ù Seisler plaage.

4

Au di speziele Ereignis ù Kontäkt hii sogaar im Beats Ver-
häütnis zù de Polizyy veränderet. A Tùü vo dene cha ja
Tütsch! Wo geschter d Ambulanz ù d Polizyy choo sy fùr
Mattersch Viktor cho z riiche, da het de Beat lang mit ùm
Pierre-Alain Schaaffer ggredt. Dä Polizischt ùs ùm Seise-
Ùnderlann het sich mit iine über di gheimnisvole Episoode
i de lötschte Maanete uustùsche. De einta het verzöüt, dass
es mit regionaale Saage, de andera, dass es mit Quatem-
bertaage chenti zämeheiche.

Son a Uustuusch isch fùr beid Sytte wichtig, fùr ds
Gsamtbùüd z vergrössere ù a de Scheerffi z schrüble. De
Polizischt het im rùmpùsùrige Schwigervatter d Stanga
ghaute. Das hetti de Beat nie ggwagt, drùm hets mù gfale.
Ù vor alùm iis Element het mù Vertrue ggää: De Korpo-
raau Schaaffer het säüber a saagehafti Vergangehiit ghää-
be. No vor de Polizyyschuu het er maau as Ggwett ggwù-
ne. Das sygi o im Plassäubschlùnn zwùsche Ärgera ù
Cheesebärg gsyy.

Vier Kobolde hii det nachts aube im a leere Auphùttli
gjasset. Das het schöö z rede ggää! Das Hùttli hell be-
lüüchtet, o wes det gaar ki Stroom ghääbe het.

Da hii de as par jùngi, wäütschi Pùùrschte ggwettet, wär
dene speziele Jasser törffi ga i d Chaarte ggùgge. As gä-
bigs Psüechli ùnder Jasskoleege. Dryy Ggùttere Vully gee-
bis fùr dää, wo daas dedùùrzyegi. Aber dryy Ggùttere
choschten es o, we iina Aalùùf neemi – ù abbrächi, wyn er
i d Hose machi vor Engschti.

De Pierre-Alain het über na Aarbiitskoleeg vo der Wett
köört ù het gfragt, ob di Bedingige fùr iim o gäüti. «Klaar,
nùme hüü!», hii di jùnge Wäütsche gsiit.

Am näächschte Aabe isch de jùng Schaaffer loosgglùffe, vo de Seewera gäge obsi. Asoo isch er de zùm Rigoletta-Hùttli choo. Är het i ds Pfeischter yyggùgget ù tatsächlich vier Kobolde gsee a Jass chlopfe. Häy! Dää dùsse het ds Chrüzziiche gmacht, d Tùùr tùffe ùn a Schritt i ds Rümmli yy taa. Dii dine hii rächt gstuunet ù gfragt, was er wöli. «Mitspiile deich», het er muetig ggantwortet.

Di Kobolde hii offebaar überliit, was si drùf söli sääge. Dewyle het de Pierre-Alain chli gsäänets Wasser vùragnoo ù di Männlini aagsprùtzt. Ou, das het Wùrkig ghääbe: Di Kobolde sy blitzschnäü uufggùmpet ù im Fluechen awägg usi ù ab. Ds Liecht isch uusggange ù asch nie mee eper i dem Hùttli cho jasse. De Pierre-Alain Schaaffer het ds Ggwett ggwùne ù di dryy Ggùttere Wyy überchoo.

D Jass·chaarte het er mitgnoo, aber: «Di hii awägg di Kobolde as par Maanet speeter ùmmi ggriicht.» Bi iim sygi yybbroche choo ù nùme d Jass·chaarte, ds Gsäänetswasser·ggùtterli ù synner Wanderschue sygi fort gsyy. Är chenis auso nümme bewyyse.

Häi, de Polizischt isch Tùü vo ra Saag choo! Das macht im Beat Yydrùck ù soorget sofort für Nööchi ù Vertrue. Si mache graad duuzis.

Dä Pierre-Alain isch o debyy, am Donschtigmittaag am iis. D Forscheri Christine Riedo, ds Lisi, de Beat ù de Polizischt tuusche im Möösli obe ds Nüüschta uus. Sogaar d Kira isch mitchoo. D Grossmama Agnes het si bbraacht, bevor si as par Taage a auti Huswùrtschaftsschuu-Koleegi im Kantoon Zùùg het wöle ga bsueche. D Kira tuet am Näbetùsch im a Puppi ds Röckli tuusche.

Ds Lisi wetti wùsse: «Was passiert i settigne strube Nächt wy itz graad i der Regioon?»

«Dasch ging chli andersch», erkläärt d Forscheri. Di Zyt, wos fiischter, muggsmüüselistüü ù yyschechaut sygi, di regi bi vùùne Lüt d Fantasyy aa.

D Voukskùndleri passt Nacht ù Aberglùùbe i ds theoreetisch Määrlischeema yy. Da geebis as Probleem, wo eper müessi lööse. De Höüd oder d Höüdi fùni Häüffer ù Hùùfsmittù gäge Böösewichte ù ali, wo ùnder denes Bann stani. Das Scheema fùnktionieri vo de Odyssee ùber d Brüeder Grimm ù German Kolly bis zùm James Bond.

«D Wiggla het lösch Nacht bbrüelet», siit d Wùrti, wo d Ggaffini serviert. Si het d Uusfüerige zù de Nacht köört.

«Wär isch d Wiggla?», fragt de Polizischt.

«De Uhu oder Chutzlini. Di chii lang ù grüselig *uuhuuu, uuhuuu* usilaa, ù de ùberraschend de Rhythmus bräche.» We mù guet losi, kööre mù vo de Wiggla: *Chom mit, chom mit, chom mit!* De wùssi mù, dass hie i de Nööchi eper müessi stäärbe.

«Mami, bi mier im Oor booret epis», siit d Kira.

«Dù bechùsch doch nid epa a Oorenentzùntig!?»

«As tuet koomisch tygge wyn as Zyttli. Ù äbe, as booret wyn a Wùùrm … Löscht Nacht o scho.»

Ds Lisi git ra a Entzùndigshemmer. Zyttli ù Houzwùùrm? Niemer cha mit dene Hiiwyyse epis aafaa. «I wott näy ds Chrütter-Bärti fraage.»

«Sso!» D Forscheri Riedo mues as Huus wyttersch.

Di andere nää no as Glaas Moscht. De Beat verzöüt im Polizischt no vo dem Jaar: Verirrchrutt, Faarnsaame, Fryyschùtze ù anderi Jääger. Vilicht cha ja dää demit epis aafaa? No bis geschter hetten er sich nit chene vorstöle, sich so vertroulich mit ema Tschùgger uusztuusche.

Aber lang mache o sii niit. Hööchschti Zyt für Vorberiitige fùr moor – de näächscht Quatembertaag.

5

Pinggùs Töönù wott ùnbedingt am glyyche Donschtig nam Mittaag ga jaage. Är het mit syne dryyne aute Koleege abgmacht fùr z Bäärg; das giit de graad im Glyyche.

Dass er aafangs November as zweits Maau verhaftet choo isch, das het er fasch nit chene verchrafte. Synner Koleege sy scho lengschtens zrùg i iines Famylie – ù äär glyych no iinisch 48 Stùnn i de Chischta. Ù wysoo? Är het bis zùm Schlùss nit ganz begrùffe, was si vo iim hii wöle kööre. Irgendeper muess ne zùnftig aagschwärzt haa. Är teegi wùùdere – nùme wyl er as par Taage vor de Eröffnig scho ggangen isch. Ù epis wäge Fryyschùtze ù verzouberete Ggweer bim Jaage. Maagisches Zùùg, won äär nit druus chùnt. Nùùt, wo iim epis aagiit.

De aut Husmatt-Puur het mù scho lang ùs hörthouzig ù mùdrig kennt. Är het gäge di ganzi Wäùt chene futtere ù poleete ù het mengs besser ggwùsst. I de lötschte Maanete isch de Töönù ruhiger choo, aber itz isch ùmmi fertig. D Tschùggere – nùme Pajasse! D Nachpuure – ùf e Chopf kyyt! D Politiker – vergääbe ùf der Wäùt!

Pinggùs Töönù laadet synner aute Frùnde i sys Bäärg·outo ù faart obsi. Bi de Gemsch·stùba zhinderisch im Mùschereschlùnn plaanet er a Abschùss – we doch scho maau det hinder Mitti Dezember no ki Schnee ligt. Das cha iim sicher kina vo syne Frùnde verùble, o we dii säùber nid ùf d Pirsch gange.

De wättermäässig ruhig Moorge kyppet nam Mittaag i Näbù. Dasch iigentlich as Probleem bim Jaage. Aber nit fùr e Husmatt-Puur. We dää sich as Gemschi voorgnoo het, bringt ne ki Näbù vo dem ab.

De Mùschereschlùnn straalet a dem Namittaag ganz a bsùnderi Stùmig uus – är het a spezieli Aazyigschraft ùf di vier Wanderer.

Zeersch verwùtscht es Fasùs Hubertla, wo zhinderischt lùùft. Faarbigi Meielini ù Schwùmm chùpple ne vom Wääg ab. Är wott no mee fùne. Det gseet er a Hase, won er wott ga föttele. Aber fùr daas mues er chli nööcher gaa – ù bessersch Liecht haa. De Hase schynt ne nit z meerke ù hopplet gmüetlich vo mù fort. D Hubertla giit mù hindernaa.

We mù ne ùf ùm waarme Stùbeofe fragti, was mù ira settigi Situation am böschte macht, de siiten er: «Emù sicher nit naalùùffe. I wiiss deich schoo, dass mù i de Bäärge nit vo de andere fort taaf.» Aber das Häsli gseet so haarmloos ù verlockend uus.

Pinggùs Töönù zyets i di anderi Richtig. Är isch zùmlich sicher, dass det as Gemschi waartet. Zwùschet de Näbùschwaade dùùr gseet ersch doch. O de Töönù giit zeersch wytter vo de Grùppa devaa ù ligt de näy hinder ma Stii i Stölig. Det voor muess das Flaag syy. De Jääger waartet bis es ds näächscht Maau ufhiiteret. Är waartet fùr d Schangs ùf na Schùss. Itz isch Gedùud gfragt – d Iigeschaft vom a guete Jääger.

Am speetere Namittaag feets afa schnye. Asch chaut gnue fùr dicki, schweeri Flocke. Ù di schaffes zyttewyys, de Näbù z vertryybe. Daa! Endlich gseet Pinggùs Töönù epis ù hets scho im Visier. Aber im lötschte Moment chan er sy Finger no bremse. Das sy ja de Mùlhuser ù de Stritt, wo pyggnygge ù sich zueproschte.

«Chrüzpolischeeta!», de Töönù stryycht sich de Schwiiss vo de Stùùrna. Dasch itz huureknapp ggange. Zùm Glùck isch wenigschtens äär no nüechtera.

Pinggùs Töönù macht a Viertùtreejig gäge lings, ù itz! Det stiit a Hirschbock. Epa a Zwouf·ender, as Ryyseexemplaar. Wen er ruhig blybt, chan er dää ùnmöglich verfeele. Är zielet ù trùckt ab. Ssaye!

Aber neei, de Drùck vom Töönùs Schrootflùnta het de Hirsch zwaar haub ùmbblaase. Aber dä schùttlet sich, ggùgget zum Schùtz ù spaziert devaa. Wes nid ùnmùglich wee, hetti Pinggùs Töönù sogaar phùùptet, de Hirsch hiigi mù d Zùnga usigstreckt!

Är schùuteret sys Ggweer ù giit dem wäüts Tier naa. D Spuure z lääse isch iifach bi dem frùsche Schnee. Ù tatsächlich ùberchùnt er zää Mynutte speeter syni zweiti Schangs. De Töönù kennt synner Jagd·qualitääte: Dä Hirsch daa, 70 Meeter vor iim, chan er ùnmùglich verfeele. Bumm!

Aber nüüt isch. Das gschosse Tier waggelet chli koomisch ù trottet no iinisch devaa.

«Ja guet: Aller guten Dinge sind drei», siit de Jääger ù wott ùmmi hindernaa. Aber itz köört er hinder sich synner Koleege lut brüele. Är söli zrùgg·choo. As fiischteri doch scho lang. Ja dùù! Pinggùs Töönù het sich ganz vergässe ù kinner Ùùge fùr Wätter ù Taageszyt mee ghääbe. Asch wùrklich scho tou Nacht choo. Hööchschti Zyt fùr zrùgg – o we ne dä Hirsch gruusig gnägget.

Är fùndt de Stritt ù de Mùlhuser sofort. Ganz hùbscheli gaa si ùf ùm rùtschige Wääg nitsi gäge Ùndera Taafersch-Gantrisch zue, wo si ds Outo parkiert hii. Det waartet sicher Fasùs Hubertla scho, wy sis abgmacht hii. We eper di andere verpassi: ifach zùm Outo.

Aber det isch no niemer. Fùr sich ds Waarte z verchùùrze, nää si afe no as Schnäpsli im fiischtere Chare ine. De Töönù cha fasch nit hööre verzöle: «Auso dä Hirsch, i sääge nùch! Dä het a ùnglùùblichi Chraft ùf mier uusggüebt.»

Aber dass er dää nit söli priicht haa, das wùùrmet ne. «I gglùùbe, das isch nit mit rächte Dinge zue- ù häärggange.»

Si lafere ù triiche bis de Alfred Stritt dùù siit: «Hei Achtùng, scho baud sächsi. Zyt fùr hiim. Wo isch ächt d Hubertla?»

«Lütt mù flingg aa.»

«Aalütte nùtzt nüüt. Sys Natel ligt hie ùf ùm Rùcksitz», antwortet Mùlhusersch Mynù.

«Ouwää dùù! Ja, höchschti Zyt fùr ne ga z sueche!», siit de Husmatt-Puur. «I nùme de ds Ggweer mit.» Är het awä d Hoffnig no nid uufggää, hüt no epis z schiesse.

De Mùlhuser isch vo dene dryyne am schlächteschte z Fuess. Dä sou bim Outo blyybe, faus de Fasù vo ra anderi Sytta chùnt. De sölen er sofort im Stritt aalütte. Sii zwee tüe ds Telefon ùf lut stöle ù gaa demfau no iinisch gäge d Gemschstùba hinderi.

Itz chùnt d Zyt lang ù lenger. Über na Stùnn köört ù gseet de Gmiinraat Mùlhuser nüüt. Är hocket scho lang ùf ùm Byyfaarersitz, dùsse schnyyts ging mee ù d Schicht ùf ùm Outo chùnt dicker. D Vorderschyba giit dä Waarter ging ùmmi ga pùtze, dass er de o gseet, we eper chùnt. Aber är gseet nüüt ù niemer. D Nacht trùckt ging mee gäge ds Outo ù schnaagget o scho ycha. De Mynù tschuderets vo Chöüti ù Einsamkiit.

O di zwee ùnderwägs hii mit ùm Töönùs Taschelampi ù mit luttùm Brüele ki Erfoug. Ki Fasù wyt ù briit. Itz lütti äär de Tschùggere aa, siit de Stritt endlich ù nùmmt sys Natel vùra. Aber zeersch mues er no füüf Minutte de Töönù ùberschnùre.

«Tschùggere? Nit fùr vùü!», faart dää näämlich dri.

«Moou, itz isch es äärnscht. Vilicht isch er ùmkyyt! I dene Temperatuure giits ùm Lääbe ù Tood.»

Nùme ganz lyyslig chùnt vo Pinggùs Töönù zrùgg:
«Ebe haut.»

Ù näy muess de Stritt ùmmi mindeschtens zää Minutte
aylùùffe. Au 20 Meeter probiert er – bis sys Natel endlich
Netz het.

6

Ds Lisi, de Beat ù d Kira hii sich für d Nacht im a Auphüttli im Seeschlùnn yygnischtet – nit wyt vo de Seisa. Momentan gseet daas nach era gueti Position uus, für i de Vooraupe vom Seisebezirk beweglich z syy. «Ja, Halloween isch a gueti Hùùptproob gsyy», muess de Beat itz o zuegää. Denn hii si au Schritte chene dedùùrdeiche. Ù technisch sy si itz o ùf ùm nüüschte Stann.

Bim Houzhacke het de Beat Zyt zùm Deiche. Saage fùndt er ja super. Früer muess das Verzöle ù Zuelose ùf ùm Stùbeofe as Ereignis gsyy syy. Vor alùm äbe Saage ùs de Regioon, wo vùù mit de Gmeinschaft ù de Tradition z tüe hii. Aber glyych het äär, wy vùù ander, de Aberglùùbe gäär belächlet. We eper a Saag wyn a waari Gschùcht verzöut het, da het er ddeicht: Schöön-schöön, aber das Züüg cha gglùùbe wär wott.

Aber itz gseet er: We eper säüber so epis erläbt – wy d Kira oder de Viktor –, de isch für di Betroffene son a Begäbehiit mindeschtens so waar wy de Häpperstock ùf ùm Znachttüsch. O we natuurwùsseschaftlichi Bewyyse feele.

Di drüü schlaaffe de scho chùùrz nam Guetnachtgschùchtli yy, ali zäme im glyyche Bett.

Baud schrecke si ùs ùm Schlaaf. I de Chùchi ùsse päägget ù brüelet es wyn as Bebeeli. Allerlei Züüg kyyt ùm. «Was isch daas?», fragt de Beat. «Isch eper im Huus?» Är wott ga ggùgge.

«Nùmm de spitzig Pärisou mit, dass dù epis i de Hann hesch», waarnet ds Lisi. D Angscht vor dene gfùrchige Töön, wo mù nit kennt, schnaagget bi iira ùnder ùm Linntuech vùra: «Pass uuf, gau!»

«Vilicht isch es ds Chätzli?», siit d Kira verschlaaffe.

«Waas fùr nas Chätzli?», wott de Beat wùsse.

D Kira verzöüt, dass si am Aabe nit wyt vo de Hùtta awägg a schwarzi Chatz ùf ema Tùùrli·stock het gsee hocke ù lut miaue. Det drùf isch si gschùtzt gsyy vor dene par Santimeeter Nüüschnee, won es ggää het.

«Oh, das aarma-aarma Chätzli het sich verlùffe.» D Kira isch es ga stryychle. Das het di Busla gäär zuegglaa, het zfrùde gschnùret ù isch de Kira trotz ùm Schnee ùm d Bii ùma gstriche. Ds Miitli het Mitleid ghääbe mit dem Chätzli, hets ùnder iiras Jagga packt ù hiimgnoo. Nit dass das Myneli no erfriert.

We itz am Aabe spaat de Beat i d Chùchi usi giit ga ggùgge, da hocket det nid epa as chlyys, häärzigs Chätzli, sondern a fetta, wùùda, uufblaasna Moudi mit spitzige Zenn ù gäübgrüene Ùùge. Di fùnkle im Haubfiischtere, we de Beat i d Nööchi chùnt. Ù das Vyych fuuchet böösaartig wyn a Draache.

Si probiere, dä schwarz Ggaagger usizjaage, aber sogaar z dritt isch daas kompliziert. Das Flaag wert sich! Ds Lisi verwùtscht a rächta Chräbù ùf ùm Handrùgge. Eersch we d Kira vorawägg giit ù ds Lisi hinder dem Tier gsäänets Wasser versprùtzt, de flyet o di grüseligi Chätzla mit ema määrterliche Ggüüs.

Tùùr zue – gschliesse. De Beat macht a Rùndi i de Woonig ùma ù ggùgget, dass ali Pfeischter ù Tùùre jùscht zue sy. Nach ema Beruhigùngs·thee vom Chrütter-Bärti blybt nùme no d Erinnerig a dä määrterlich Ggüüs.

Di drüü sichere sich gägesyttig Ùnderstùtzig zue ù chii ùmmi ga pfuuse.

7

O im Mùschereschlùnn hinder het es ghöört schnye. Aber de stockdick Näbù vom Namittaag isch ùmmi daa – de Helikopter cha ùnmùglich flùùge. Das erschweert d Suechi nam verscholene Hubert Fasù no mee. D Rettigs·station vom Schwarzsee ù d Fürweer vo Plaffeie sy ùnderwägs. D Polizyy ù d Ambulanz sowysoo. Lang wärwiise si, ob si i de Nacht söli wyttersuche oder waarte, bis si endlich ùmmi epis gseegi. De wee si emù uusgglüeti.

De Polizyy·kommandant entscheidet, dass di 14 Lüt wyttersueche. Fùr na Vermissta isch daas bi dene Temperatuure di einzigi Schangs. Si foordere no Polizyyhùne aa.

Aber eersch ds Chrütter-Bärti, wo na Mitternacht ùf ds Maau vom Gantrischli häär chùnt cho stapfe, cha a Tipp gää. Si pendlet de Standort uus. Hinder ma groosse Fäüschlotz, nit wyt vom Obere Taafersch-Gantrisch, fùne si dä Maa – d Ùùge wyt uufgschrisse. Awä erfroore.

As tüecht di Häüffer, i dene Sekùnde, wo si ne entdecke, cheemis graad no iinisch iis zwùù Graad chöüter im Taau. Epis Ùhiimeligs heicht i de Lùft – nit nùme wäge Nacht ù Näbù. D Rettigs·chräft bäärge de Tootna ù traage ne zùm Polizyyouto fùr de näy i ds Taau. Im Liecht vo de Schynwärffer gsee si: De Tootna het Bisswùne am Haus! Si müesse ne ùnbedingt i d Ggrichtsmedizin bringe. Di mues usifùne, a waas er gstoorben isch. Hoffentlich hii di Polizischte nit z hört Spuure verwùscht, we si no gmint hii, är sygi erfroore.

De Korporaau Pierre-Alain Schaaffer wiiss, dass ds Chrütter-Bärti a Uuskùnftspersoon vom Lisi ù im Beat isch. Är nùmmt si chùùrz ùf d Sytta. «D Wùrti im Möösli het löscht Nacht d Wiggla kööre brüele», siit er der Frou.

Dia nickt ù ergänzt: «Dasch i dene Tääler awä geschter nit di einzigi Toodesaakùndigùng gsyy.»

«I bù nit sicher. Chenti as Tygge im Oor o epis bedütte?»

«Klaar, ds Lääbeszyttli, wo no tygget. Mengisch verbùne mit ùm Boore vo Houzwùùrm.»

«Asch nit waar!», laat de Polizischt usi. «Auso: De het mù das Ereignis scho geschter chene gsee choo.»

Ds Natel vom Beat laat das Husmatter Trio im Seeschlùnn no iinisch ùs ùm Schlaaf la schrecke. «Dùù, zää vor drüü!» Ds Lisi gglùùbts fasch nit.

D Polizischte hii zeersch bi Fasùs Hubert dehiim aagglüttet ù di schlùmi Nachricht ùberbracht. De andere dryyne öütere Mane gäbe si as Schlaafmittù mit ù füere si hiim. Di schlottrige Frùnde heiche i de Siilini. Si müesse itz chene uuslüe ù schlaaffe – aus andera isch de moor no früü gnue. Sogaar Pinggùs Töönù, wo schùsch ging wiiss, was lùùft ù wy mùs macht, schwügt im Outo hinderine.

Schliesslich het äbe de Korporaau Schaaffer no bi dene engagierte Suecher vo de Husmatt wöle Bschiid gää. Är giit devaa uus, dass sii mù bi de Uufkläärig chii häüffe. Si hii sich ja im Früeling gnaau wäg ùm Verschwinde vo dene glyyche Mane ùf d Suechi gmacht. Di hii hie a Wùssensvorsprùng.

«Sùù mer choo?», fragt de Beat, wo scho dran isch, d Schue aazlege.

«Neei, nit jùfle», bremset de Polizischt. Si mache für am Frytig am Öüfi im Schwarzsee-Stärn ab zùm Ggaffi. Das längi.

«Isch guet», siit ds Lisi. «Devoor wott i no flingg i ds Spitaau ay. Ga ggùgge, wyn es Mattersch Viktor giit.»

8

Bi de Polizyy lùùft am Frytig am Moorge ds Telefon hiiss. Lüt, wo vo dem Yysatz köört hii, Lannbsitzer oder Ggùschtipuure vom Mùschereschlùnn, aber o Schùrnalischtine wii wùsse, was ggangen isch. D Zentraala laat de as chùùrzes Communiqué usi. Si hiigi i de Nacht ùf e Frytig im Schnee a toota Wanderer ùs de Regioon gfùne – d Ùmstänn vo dem Tood sygi no nit kläärt. A Ùndersuechig lùùffi.

Dewyle stöüt sich usa, dass i de zweiti Höüfti vo der Nacht no epis ggangen isch: Dryy jùngi Santifaschtler hii nächti nam Beize·füraabe no nit hiim wöle. Si hii im Rooggeli no wöle ga Schwarzes mache. Det hets dryy hùbschi, jùngi Froue, wo scho vùù nächtlicha Bsuech vo jùnge Mane bechoo hii. D Mane hii aube a Ggùttera Schnaps debyy ù gaa demit gan as Ggaffi hùùsche ù wii bitz ga syy.

Ùnderwägs meerke di dryy, dass ne a Frena mit era Kabutza naalùùft. We sii flingger gange, giit dää o flingger. We sii waarte, macht äärsch oo. Dä het offenbaar de glyych Wääg. Bim Rooggeli chùnt d Brùgg ùber d Ärgera ù d Taauverengig vom Plassäubschlùnn. Bim Puurehuus devoor häbe di Jùnge zùy, dä Frena blybt dùsse staa. Di dryy sy froo, dass si dä fiischter Schwügi loos sy.

Aber äbe: We sich di dryy Pùùrschte drüü Ggaffi fertig ù 25 mee oder weniger gueti Sprùch ù Witze speeter ùmmi ùf e Hiimwääg mache, da isch dä Schwügi mit syr Kabutza ùmmi daa. Nach as par hùndert Meeter siit de einta: «So, itz wottis wùsse!» Är ggùmpet zùm Frene zùy, fasst ne am Tschoope ù fragt, wyn er hiissi ù won er wooni.

Dä Aagsprochna stiit wyn a Mudù daa ù laat ki Toon usi. Dewyle chùnt aber graad de Mond vùra, ù dä spieglet sich ùnder de Kabutza i de Ùùge vom Maa. Neei, vùümee! Di Ùùge füüre ù sprüe Fùnke bis zù iine. Ù ùnder de Chliider gsee si a Rossfuess vùraggùxle. Ououou! Asch hööchschti Zyt fùr nas par Chrüzziiche ù ab. Hiim i ds Bett!

De Muetiga, wos het wöle wùsse, erwachet am Moorge mit era Byyssa am ganze Körper ù liide Uusschlääg. De Chopf verplatzt mù fasch. Ù de Chlùpf steckt aune dryyne no lang i de Glider. Si lütte am Moorge im Rooggeli hinder aa, si söli det ds Huus uusrùùchere ù vom Pfaarer nüü la yygsääne. Aber flingg!

We ds Lisi di Gschùcht vernùmmt, da deicht si zeersch a de Kiras schwarzi Chatz, wo hassigi choo isch. Näy a di dryy Chùüter mit de Chnöpf i de Aarme. Vor alùm aber lüttelet i iiras Chopf a Satz. Dä het doch ds Chrütter-Bärti im November zù iira gsiit: «D Dezember-Froufaschte sy di schlùmschte; da gits sogaar Spuure, wo zùm Tüüfù füere!»

A dem Frytigvùrmittaag het o de Beat a schreegi Begägnig. I iim vo dene tüpische Zwäärgehöüzlini im Schwarzseetaau het er lang ds Gfüu, är sygi nid aliinig. Da gseet er a Paater mit ema Houzchrüz i de gstreckten Aarme, wo as par wùüdi Schätte vor sich häretrybt. Am Rùgg het er as Chreezli, son as Schùuteretraag·gstöü mit Choorb ù Techù. Dä Chùùchemaa nùmmt ki einziga Blick vo dene wùùde Schätte awägg. As gseet nach ema Bann·zouber uus.

De Beat köört vom Mässdiener, wo mitlùùft, dä Schatte sygi de aut Giischt vom Dùribode. A ehemaaliga Mùller hiigi d Lüt bschisse ù de ki Rue chene fùne, wen er gstoorbe sygi. Dä Paater hiigi itz dä Giischt im Morgegraaue ùs ùm Huus usi chene tryybe. Ging wytter ù wytter, ùber Plaffeien usi i Schwarzsee. Tonloos bätten er Psaume ù anderi Bybù-Väärse, siit de Mässdiener.

De Beat lùùft graad mit. Dä Maa i syr bruuni Chùtta zwingt obet de Hùrleni wùy de Giischt ùf ena spitziga Fäüse. Det fixiert er ne mit stùme Gebät ù Gsäänetswasser. Sys Chreezli, bis obe gfùüt mit Aarme Seele, lööst er in a Fäüsspauta ay, wo z Hùnderte vo Meeter tùùf sygi. De Paater laat ki einziga Muggs usi – asoo klappets. «Itz sy si det, wo si härekööre», siit de Mässdiener. De Paater trùckt a Fuess ùf ena Stii. Dä Abdrùck sou ùs Erinnerig blyybe.

«Plassäubschlùnn, Seeschlùnn, Mùschereschlùnn!»

Pinggùs Töönùs Lisi isch im Spitaau gsy ga de Viktor bsueche. Si stùdiert itz i de Poscht vo Taafersch i Schwarzsee iiras Notize. Da entdeckt si epis Nüüs. Di drüü Tääler Mùschereschlùnn, Seeschlùnn ù Plassäubschlùnn lige ali im oberschte Seiselann. Si verlùùffe parallel, zùmlich genau vo Süüde gäge Noorde – ù hiisse no ali äänlich. Si marggiert d Tääler ù di drüümaau «-schlùnn» ùf de Chaarta mit ema Lüechtstùft.

Di sprächende Nääme vo de Oorte, wo i dem Jaar epis Grüseligs passiert isch, sy ne ja scho vor Wùche uufgfale. Ù itz äbe di füechte ù gäär moosige Schlùnn, wo o epis Gfùrchigs chii bedüte: Abgrùnd oder Chräche, wo mù cha drinay kye. O im Raache hinder gits a Verengig – det wo mù vo eperùm cha verschlùnge choo.

Ds Lisi nùmmt d Lyyschta mit de Flurnääme vùra. Vom Gaugeblätz ùber d Wouf·iich bis zùm Saageloch. Vom Toggeliloch ùbere Hinder Chrache bis zù de Höll. Vo de Fantùùmelöcher ùber ds Schwarzmoos bis zù de Wueschta. Aber bi Schwarzmoos oder de o bi Tùntela ù Dùribode stocket si. Si hetti itz di Nääme nid ùs schlùmm oder ùs gfùrchig waargnoo. Si het eener ds Gfüu, Dùribode cheemi vom dùre, trochene oder torfhautige Bode. Oder gits ächt det a Gschùcht, wo si no nit kennt?

Si schùckt as E-Mail a d ‹Schnabùwiid›. Vilicht chii di Mùndartlüt vom Radio epis sääge? Im Lisis Suechmaschyna schùckt si zùm ‹Idiotikon›, im Hùùptwärch fùr schwizertütschi Spraach ù Nääme. Det gseet si Hiiwyyse zù Schwarzmoos ù Dùribode, wo zù iiras Amatöör-Interpretation passe. Ù di hii nüüt mit gfùùrchige Sache z tüe. Si schùckt im Polizischt Schaaffer as SMS, är söli sueche, vo wo ‹Tùntela› cheemi.

Säüber probiert si das nüü Wùsse i di andere Entdeckige yyzpasse. Scho lang het si sich gfragt: Isch dä hassig Plaggiischt iigentlich vo der Wäüt hie oder von era anderi? Auso, Mensch oder Giischt?

Ds Lisi erkläärt iiras nüe Entdeckige ù Vermuetige im Beat ù im Korporaau Schaaffer bi der Besprächig am Frytig. De Polizischt ergänzt: «Wier hii usigfùne: ⟨Tùntel⟩ oder ⟨Tùntel⟩ isch as chlyys Wärchzüüg fùr z chlöpple oder Spitze häärzstöle», ergänzt de Polizischt. Übertraage ùf dicki Froue hiissen es mengisch a Tùntela.

«Ebe ggùget», siit ds Lisi. «Gaa mer devaa uus, dass eper d Seislerine ù Seisler wott la tschudere. Är wääut auso Plätz mit Nääme, wo das Angschtmache ùnderstryyche. Aber wen er debyy denäbe grüüft ù dryy Mane mit Chöpf ùnder ùm Aarm i de Tùntela uuftouche – de chas de äbe ki Giischt syy.»

Ùf di fraagende Blicke vo dene zweene Mane erkläärt si: «I gglùùbe niit, dass Giischter epis chii plaane, wo nit loogisch isch.»

«Auso we daas stùmmt, de isch de Böösewicht a Mensch, wo üüs plagt. Aber wy chùnt dää i Kontakt mit Giischter?», fragt de Beat. «Ù wy isch es mit de Bezyig zù de Quatembertaage?» Är schùttlet de Chopf. «Bi so ra groossi Gschùcht cha fasch nid ii Mensch aliinig de Böösewicht syy.»

Zyt d Forscheri vom a ⟨Böösewicht⟩ ggredt het, wo mù i Määrlini müessi bekämpfe, siit de Beat säüber nùme no das Wort. Iines ⟨Böösewicht⟩ het zwaar no kis Gsicht. Aber är isch wendig ù toucht a ganz ùberraschende Oorte uuf. «Ja, är chùnt mengisch fasch glyychzytig a zweenen Oorte», antwortet ds Lisi. «Entweder isch er brutaau flingg – oder as git meereri Böösewichte.»

«A Grùppa? A Banda? D Mafia?», fragt de Pierre-Alain Schaaffer.

«Oder de Hutätä mit syne läärmige Nachtjääger?»,
füegt ds Lisi aa.

«A Giischt, wo hie ùf de Wäüt no a Rächnig offe het?»

«Das wee de aber meereri ù tüüri Rächnige», schlùss-
fougeret de Beat.

Si lege föscht, dass si mùglichscht baud ùber Motiv
müesse rede. Wär chenti ùberhoupt a Grùnd haa, ali di
grüselige Sache aazstöle?

De Polizischt wott aber zeersch klaarstöle: «Wichtig
isch, dass mer itz vorwärts chäme. D Lüt tschuderets ging
mee. Si hii Angscht ù wetti, dass eper di Sach uufkläärt.
Di einti Schùrnalischti het scho ds dritt Maau aagglüttet.
Wier müesse Ergäbnis haa – ù guet ùberlege, was mer
wenn ù wie kommuniziere.»

«D Lüt ù iines Beobachtige chenti üüs vilicht häüffe.»

«A Zügenuufruef ùber d Zyttige ù ds Radio?»

«Das hani mier o scho ùberliit», siit ds Lisi. «As git ja
Huuffe Saage, wos hiisst: ‹Eersch ùf ùm Tootebett hii sis
ggwagt di auti Gschùcht, das Erläbnis ù di Beobachtig vo
früer z verzöle.› De sy auso nid au koomische oder gfùr-
chige Begägnige bis zù üüs choo. Awä no Huuffe Lüt hii
as settigs Gheimnis.»

«Genau», bestäätiget de Korporaau. «D Dùnkùzùffera
isch sicher hooji!»

Si tiile di näächschte Schritte fùr dä Namittaag uuf.

Ds Lisi het de böscht Traat zùm Stritt ù im Mùlhuser. Di
hii zwaar scho de Polizyy Uuskùnft ggää ùber daas, wo
geschter ggangen isch. Aber si wetti nomaau probiere, mit
ne ùber früeri Beobachtige z rede. As isch ja scho spezieu,
dass di glyyche Mane scho ds zweit Maau so liid betroffe
sy.

De Polizischt sicheret zeersch no bi Taagesliecht Spuure im Mùschereschlùnn. Ù di zweiti Befraagig vo Pinggùs Töönù isch de o syni Sach. Jaa: Regùmäässig, we mit demse Frùnde epis passiert, isch de Husmatt-Puur o graad i de Nööchi. Drùm wott er dem as Bsüechli ga mache.

«De Töönù wiiss zwaar ging auz besser», siit zwaar o de Beat. «Aber dasch ùnmùglich, dass er mit ùm Tood vom Hubert epis z tüe het.»

«Vilicht het ersch säüber gaar nit böös gmint? Vilicht isch er verzouberet gsyy?»

«Di Häx wetteni gsee, wo daas zwäägbringt.»

De Beat wott i Plassäubschlùnn hinderi. Det hets as par grüseligi Gschùchte ggää, wo no offe sy. Daas mit de Zwäärge im Obere Birbùùmli wott er ga aaggùgge; de Poülù i de Wueschta no ga bsueche. Ù mittlerwyle sygi ds Chrütter-Bärti o det hinder ù wöli mit ne rede. WhatsApp het dia zwaar niit, ds Bärti isch oni Natel ùnderwägs. Aber Rùùchziiche het si o nit müesse gää. D Kontakt·uufnaam isch ùbere Beizer im Schwarzsee-Stärn gglùffe.

Ds Lisi ù de Beat gaa vo det zrùgg zù iines Auphùttli ù packe ds Zannbùùrschteli yy, faus si anderschwo müessti übernachte. Da gsee si eper langsam vor ùm Pfeischter dedùùrgaa. «Schlyycht da eper ùma?», fragt ds Lisi lyyslig. De Beat packt as Chùchimässer ù springt usi. – Aber asch Feeu·alaarm.

«Ah, hie syt er», siit di Persoon näb ùm hindere Yygang. Si pyyschtet lut ù ùngedùudig. As isch d Christine Riedo, wo de Zuegang zù iines Hùttli gsuecht het. Si macht aber ki zfrùdena Yydrùck, dass si si gfùne het. Meischtens apchùnt si ne frùndlich, aber itz schynt si gnäärvt ù fluechet sogaar.

Di jùngi Frou het awä z vùù ùm d Oore, deicht ds Lisi. Stress cha mù i dene strube Zytte niemerùm verùble. Wobyy: Immerhin hii de Beat ù sia gueti Näärve. Das verbindt ù macht, dass si sich ùfenann chii verlaa. Si sy as guets Team.

D Frou Riedo stöüt am Chùchitùsch bim Ggäaffele föscht, dass de Ùmgang mit so Gschùchte o as wichtigs Kultuurguet von era Region isch. «D Saage ù Määrlini ùs ùm Seiselann prääge d Seisler. Ù daas scho lang.»

«So, i bù kanet ù scho fasch fort», siit de Beat de Froue am Tùsch. «De laan i d Kira bi dier?»

Ds Lisi ùberliit nomaau. D Kira isch fùr sii zwùù fasch chli wyn a Wätterfrosch, as Schwaubeli oder a Flädermuus. Si gseet allerlei Sache voruus ù gspùrt nachts o Schwingige ù ùnerkläärlichi Fänomeen. Ùf d Kira törffe sii i dene Taage nit verzichte. Aber wäär vo iine zwùùne chente si nöötiger haa?

«Guet, la si bi mier», siit ds Lisi. «I setti zwaar no ga Komissioone mache.»

«Kis Probleem, i hüete de di Chlyyni bis der ùmmi chämet», bietet d Christine Riedo aa. «Merci vùümaau», siit de Beat. «Ier müesset de maau sääge, was mer schùlig sy ùn a Rächnig stöle. Dasch geniaau, öji Ùnderstùtzig.»

D Frou Riedo winkt ab. Si häüffi doch gäär.

«Ebe, machs guet ù häb Soorg, gau», siit ds Lisi. Si git mù as Mùnzi ù trùckt ne chùùrz. «Nùmm no as par Chnoblùùch·guetzini mit. Vilicht bùschù no froo drùm.»

«Ier oo, machets guet!», git de Beat zrùgg. «Ù deichet dra: I der Nacht isch no iinisch Froufaschte!»

11

«Okey, aber de laa mer de Mùlhuser o graad la choo», siit Stritts Fridù ù bittet ds Lisi abzhocke.

De Fridù schynt nid abgneigta, itz mee z verraate. Vilicht tüe iim ù im Armin Mùlhuser ja ds Rede o guet – a dem truurige Taag. «Asch mer emù lieber mit dier z rede aus mit de Tschùggere», siit er no ù macht Platz, dass ds Lisi i d Stùba yycha.

Bis de Mynù da isch, verzöüt de Inscheniöör vo geschter. Dass d Hubertla ù de Töönù vo ùnverdächtige Aagglägehiite aazoge ù vo iine fortkùpplet choo sygi. Dass de Töönù zwùùre gschosse ù nüüt priicht hiigi. Dass ne daas gwùùrmet ù äär drùm phùùptet hiigi, das hiigi nit natüürlich chene gschee.

Endlich chùnt de Gmiinraat Mùlhuser. We di zwee Mane vis-à-vis hocke ù ali drüü as Chacheli Ggaffi vor sich hii, fragt ds Lisi: «Hiit er a Erkläärig defùùr, dass ier schommi betroffe syd?»

Di zwee ggùgge sich aa. «A Idee», siit de Stritt.

«Chiit er ööch erklääre, wysoo de Fasù het müesse stäärbe?»

«Vilicht.»

«Wùsset er epis zùm Übersinnliche rùnd ùm di Froufaschte?»

«Aasatzwyys.»

«I gglùùbe, itz isch a gueti Gglägehiit z verzöle.»

Di zwee ggùgge sich aa ù nicke. «Ja, asch zytigs», siit de Mùlhuser. «O für e Hubert.»

De Stritt feet wytter zrùg aa, bi syne wyysse Haar: Di Giischternacht denn mit dem Marchstii-Versetzer sygi Jarzäänte häär, aber är deichi ging no praktisch au Taage dra. Mengisch byysst d Chopfhutt, we ds Wätter wächslet oder bi Voumond. Ù äbe o im Früeling im Renault hinderine, ùf ùm Hiimwääg nam Frùdemache bi Pinggùs Töönù, da het sy Chopf bbisse, wyn a Ragleta Lüüs a Sùnntigsspaziergang meechi.

We si det zùm iifache Bättstaziöönli mit de houzigi Maria choo sy, da isch ds Byysse no steercher choo. Chopfwee dezue, as wy im Fridù auz zäme obet ùm Haus explodierti. Aber ùf ds Maau isch es fort gsyy.

«Denn, we das koomisch Männli choo isch?», fragt de Mùlhuser.

«Genau denn.»

De Stritt verzöüt wytter. Si sy mittlerwyle scho bitzli weniger bsùffe gsyy ù ùmmi eener lùschtig drùf. Das dùnkù aaggliit Männli isch nit grösser gsyy aus a Primarschüeler. Defùùr het dä Zwäärg a dùnkla, verfenzleta Bart ghääbe. Är isch daagstane ù het si aaggaffet wyn a Ööugötz.

«Wier hii ddeicht, dä Zwäärg verstani üüs sowysoo nid ù hii afa sprùùchere.» D Hubertla hiigi de mit ema Stäcke dä Wicht afa gùsle. Är het de Stäcke a Bode prätscht ùn asoo de Chlyyna erchlùpft. Das Föppele isch de so wyt ggange, dass d Hubertla ine gstoosse het. De Zwäärg isch hindertsi ùf ds Fùdle kyyt – zmitts in a dräckiga Gglùnte.

«As het tou gsprùtzt ù wier hii gglachet wy d Stiere.»

«Wier hii ging ùmmi probiert, di Nacht z rekonschtruiere», schliesst Stritts Fridù ab. «Aber jeda ma sich nùme no a Gsichtsuusdrùck vo dem Mannli bsùne, wo im Gglùnte ghocket isch. De Blick isch dùr auz dedùùr, dä hetti o as Loch in a Goudbare bbrone. Dä böös Blick cha niemer vergässe. Ù ds näächschta, wo mer wùsse, isch, dass mer Wùche speeter im Ùslann erwachet sy.»

«Ù wie de erwachet?»

«Bi aune hets as Weckerläbnis ggää, wo mit de Vergan-
gehiit im Seiselann z tüe ghääbe het», siit de Mùlhuser.
Au dryy hii denn gmeerkt: «Scheisse, i bù im fautsche
Fùüm.»

De Fridù, wo z Frankryych erwachet isch: «We de
Hùnn mier abgschläcket het, isch fùr mier klaar gsyy: I
kööre nid i das Lääbe det.»

Im Mùlhuser isch di Gschùcht brutaau yygfaare. Si sygi
devaa uusggange, dass d Nächt vo itz aa gfäärlich chenti
choo. Dä ùhiimelig Zwäärg chenti sich ja no iinisch cho
rääche. Drùm sygi au dryy i dem Jaar nùme no hùbscheli
ùnderwägs gsyy. Si hii au Taage im Hushaut ghouffe, d
Lüt ggrüesst, nie nachts ùmagflegeret ù sy jeda Sùnntig z
Mäss.

«Üser Froue hii nis fasch nümme kennt.»

«Aber itz lötschti Nacht i de Bäärge aliinig: Da chenti
de Fasù dem mächtige Zwäärg ùmmi a Aagrùffsflächi
ggää haa.»

«Wier gglùùbe, dass daas a Zämehang het», siit de Al-
fred Stritt.

Ù de Armin: «Si hii am Huberts Körper ja sogaar de
Abdrùck vom a Biiss gfùne.»

Im Lisi kye fasch d Ooren ab vor Überraschig. Allerlei
Nüüs, wo si cha notiere! Itz fragt si aber epis andersch
naa: «Ier syd au dryy Froufaschtechinn, oder?»

«Das hiisst?»

«Am a Quatembertaag ùf d Wäüt choo? Settig Lüt hiigi
as bsùndersch Gspùri fùr Lääbe ù Tood.»

De Armin ù de Alfred ggùgge sich aa. De siit de Stritt:
«Wier zwee schoo. Wier hii o scho Giischter gsee, gau
Mynù.»

«Bi de Hubertla het mùs nùme gmint. Da stiit ùf ùm Pass ds fautsch Gebùrtsdatùm. I de Jaar nam Chrieg hii sis no nit so genau gnoo mit ùm Termin.»

«Ma chenti sääge: as Papierli-Quatemberchinn.»

«Vilicht het de Böösewicht demfau de Fautscha ver-wùtscht …», rùtscht es im Lisi usi.

12

Ds Chrütter-Bärti lùùft im Plassäubschlùnn ganz langsam vom Toribode gäge d Lenzbùùrgera vùri. Si het ali Sine offe. O de sächsta ù de sùbeta ù au andere, wo si no het. Si konzentriert sich ùf auz, wo si waarnùmmt. D Bertha Pürro het i iiras Lääbe scho vùü «epis gsee choo». Si wùùrdi o meerke, we eper sia vo hinder aaggaffet. Das cha mù nid ifach mit Schauwäle, mit Liecht oder mit körperlichùm Kontakt erklääre, wy epa di andere Sinesyydrùck.

Ùf de Hööji vom Hängebrùggli über d Ärgera gspùrt ds Bärti Husmattersch Beat aggäge choo. De Beat gseet si de schliesslich oo ù chùnt zue ra.

«Vùü Glùck zùm Gebùrtstaag no», siit er. «Am Zyyschtig hiit er ghääbe, oder?»

«Jaja. Aber wes nit Froufaschte isch, isch es fùr mier a Taag wy jeda andera oo.»

De Beat gglùùbt ja nùme bedingt, was da über d Froufaschte ù d Hellsichtigkiit verzöüt chùnt. Är isch aber glyychzytig fasziniert vo dem, wo ds Chrütter-Bärti wiis ù yybringt. Si het epis, won äär nit cha fasse. Är fragt: «Ù a de Quatembertaage wii ali vo ööch epis wùsse?»

«Ja, vom Dissyts wy vom Jeensyts», siit ds Bärti offe.

«Aastrengend.» De Beat ggùgget si uufmerksam aa. Är cha ds Auter vo dem Froueli nit schetze. Aber är wott si itz bitz fecke. «I ha Lüt köört, wo sääge, ds Wort ‹Froufaschte› bezyegi sich ùf ööch ù öjer übernatüürliche Chräft i de Quatembertaage.»

Ds Chrütter-Bärti ggùgget ne nùme aa. A Fraag isch ja daas no nit gsyy.

«Ier hiit im Hörbscht gsiit, ier hoffit, dass au di Ereignis nüüt mit de Quatembertaage z tüe hiigi. Das wee gfäärlich für üüs ali. Ù itz?»

«Emù für e Hubert Fasù isch es gaar nit guet usachoo.»

«Passiert de di Nacht no mee settigs?»

«I hoffe schweer, dass es nümme so schlùmm chùnt. Aber Froufaschtenächt tygge andersch. Ù as brouet sich epis zäme.»

De Beat ggùgget i Hùmù wùy, wo ging fiischterer chùnt. Am haubi füüfi nachtets, aber itz isch mee im Aazùùg. Är chlemmt voor bim Haus d Jagga zue ù ggùgget obsi. Lyyslig siit er: «I trùùme vom a Pfaarer, wo mit fiischtere Wùucheschwaade ù Schätte dùr d Lùft stùùrmt.»

«Ging no?»

Är nickt chùùrz.

«Dasch tüpisch: Chauti Nächt ù waarmi Trùùm – di beschti Kombination für gfùrchigi Gschùchte.»

«Hani de nie mee Rue?»

«I der Nacht hie awä chum. Di lötschti Froufaschtenacht im Jaar isch meischtens a Hutätä-Nacht.»

De Beat fragt naa: «Het de de Aberglùùbe vo de Seisler Lüt epis mit au dene Sache z tüe?»

Di auti Frou bruucht as par Sekùnde, bis si langsam aafeet verzöle: «Aberglùùbe töönt so negativ. Ù as isch ja gnue Schlùmms passiert, dass mù nid so abschätzig setti rede. I achte ifach ùf Ziiche, won i meerke.»

«Ebe, ‹Aberglùùbe›.»

«Glyych wie mù siit. As hùùft, dass mù empfänglich isch für ùbersinnlichi Chräft.»

«Auso, wen i scho am Meentig zùm Gebùrtstaag ggratuliert hetti, de hettet er di Glùckwùnsch nid aagnoo? Ma siit ja, z früü gratuliere bringi Ùnglùck.»

«Woleppa. Mit ùm rächte Fuess uufstaa, Houz aarüere ùn as Chrüz a d Tili mache, das köört dezue.»

«Ù de Härgott hùüft wäge dem?»

«Jaa, oder o d Muetergottes. Ggùget scho nùme di Tuusige vo Votiv-Bùüder, won es hie ùma so git. Si heiche a Lourdes-Grotte oder bi Waufarts·chùüche. Da sääge d Lüt merci, dass d Maria iine ghouffe het. Son as Taafeli oder Bùüdli chii si aabätte ù hii ganz a persöönlicha Glücksbringer.»

«Bätte schynt auso scho früer epis Wichtigs gsyy z syy.»

«Ù de no wie! As git im Frybùrgerlann o ds Gsùnnbätte bi allerlei Chrankhiite. As git z Hùnderte vo Byschpùü, wo daas ghouffe het.»

«Ù nùme wär aberglùübisch isch, cha sich la häüffe? Meerkt mù de schùsch nüüt vo dem Übersinnliche?»

«Nüüt awä nit graad. Aber dasch wy Horoskop oder wy Talismane bim Lottospiile: Nùme we mù dragglùùbt, isch mù o sensibù ùf a mùglichi Wùrkig. Denn isch de Talismaa a Garant fùr ds Glück.» Wär nid aberglùübisch sygi, säägi i dem Moment ifach: Dasch Zuefau.

«Aa, drùm hiit er gsiit, ier chenit häüffe – aber nùme, we mer dragglùùbi.»

Ds Bärti stùmmt dem zue.

«Aber das het itz nüüt mit üsne Fäü vo Giischterbegägnige z tüe, oder?»

«Moou, schoo. De Aberglùùbe prägt ds Seisler Deiche. Dezue köört scho nùme, dass d Lüt i iines Gmeinschaft nie eper wii entüüsche oder ertùùbe. Si blyybe hööflich ù gää o am a Giischt Antwort, we dää epis vo ne wott wùsse.»

«Wysoo isch itz daas wichtig?» De Beat stöüt ging no gäär Fraage, fùr dewyle naazdeiche.

«Meischtens faart mù bi de Giischter am böschte, we mù si ignoriert. Wär bi dene spezieu hööflich oder hùüfsbereit isch, ggraatet ging gfäärlicher i Schlùnn. Das isch wy im Morascht, wy bim Yysch, wo bricht, oder im Trybsand. Da chii dii drùmùm fasch nit häüffe …»

De Beat nickt ù schwügt. Schliesslich fragt er: «Wysoo hiit er iigentlich mit üüs wöle rede?»

As feet afa schnye. Groossi Flocke kye vom fiischtere Hùmù.

«I gglùùbe, i ha ds Toor gfùne», siit d Bertha Pürro lyyslig.

«Wöllersch Toor?»

«De Übergang zwùsche Diss- ù Jeensyts.»

«Ù das Toor isch hie bi üüs?» De Beat chas nit gglùùbe ù git ra daas z verstaa. «Das cha doch nit syy!»

Ds Chrütter-Bärti laat sich vom ùnglöibige Beat nid ùs de Rue la bringe. Si wùssi: As hiigi eper de Hubert Fasù det gsee dedùùrgaa.

13

«Was wiit er hie?», fragt de Husmatt-Puur zùmlich mùderig ù ruuch. Ù är füegt aan: «I gaa ùf ki Fau ùmmi i d Chischta.»

Vor de Hustüùr stane zwee uniformierti Polizischte: de Pierre-Alain Schaaffer ù de Jean Barras, wo zeersch z Mùrett gsyy isch. Dä het dank era Seisler Frùndin tou Tütsch ggleert ù fragt: «Anton Lauper?»

«‹Husmatt-Puur› oder ‹Pinggùs Töönù› längt schùsch oo.»

Di zwee nicke chùùrz ù ggùgge ne aa. De Töönù laat schliesslich d Tùùr loos ù macht a Schritt ùf d Sytta. Asch mù hüt nit drùm, d Konfrontation z sueche. «Chämet haut», brùmmlet er.

Di zwee Polizischte hocke ab. Si wii nùme as Glaas Wasser. Pinggùs Töönù macht sich mit ùm hiisse Wasser im Thermos as Pùuver·ggaffi. Bevor er sich a Gùtz Säüber·bbrones drituet, ziigt er dene zweene d Schnapsfläscha. Di schùttle de Chopf.

«Wy isch itz daas mit ùm Jaage? Priichet er epis?», fragt de Korporaau Schaaffer.

«I verstaa di Fraag niit: Wen i guet priiche, chùmeni verhaftet. I bruuchi as verzouberets Ggweer ù son a Seich, het es ghiisse. Ù itze, wen i sääge, das cheni ja nit syy, dass i dä wäüts Hirsch ùf 70 Meeter nit priicht ha, de stane schommi zwee Tschùggere vor de Hùtta. Hiit er ds gäüb Outeli debyy? Schliesslich hani gsiit, das cheni nit mit rächte Dinge zue- ù häärggange syy.»

Ma meerkt, de Husmatter isch lätza. Aber är het sich ùnder Kontrola.

«Laa mer daas maau», siit de Korporaau. «Aber wy erklääret er ööch de, dass ier ging i de Nööchi syd, we öine Koleege epis passiert?»

«As sy äbe nit nùme mynner Koleege, sondern mynner Frùnde. De isch mù sich deich nooch», git de Tooni schnippisch z Antwort.

«Gewesen, Herr Lauper», hocket de wäütsch Polizischt nid ùf ds Muu. «Ihr Freund ist tot.»

«Ja, ù wier wetti usifùne, wysoo dass er gstoorben isch. Das wettet er doch o wùsse, oder?», fragt de Korporaau Schaaffer.

Pinggùs Töönù pyyschtet ù laat debyy synner Läschpe la flattere. Är nùmmt a Schlùck Ggaffi, richtet syni Brùla, chratzt sich a de Glatza ù siit schliesslich: «I verzöle ööch itz d Gschùcht vo mym Brueder.»

Wa dää, de Hans-Peter, epa zääjeriga gsyy sygi, hiigen er d Ggwannhiit ghääbe, i de Tùùbi ine härzhaft z flueche. Vo zùnderischt wùcha sy di Mente choo ù hii iim awä mengisch woou taa. Aber dii drùmùm sy erchlùpft. Wy chan a chlyyna Bueb ùs sym häärzige Mùùli so ùverschamti Flüech ù Schlämperlige absondere? D Öùtere hii mù mengisch ùf ds Fùdle oder ùf e Grinn ggää, aber är het ging ùmmi aagfange – ù nid epa lyysliger oder mit fynnere Wort. Jessesmariachrüzsackzimentwa!

Iinisch het äär, Pinggùs Töönù, mit ùm Bruedersch Spùùsache gginggelet. Är het ja ggwùsst, dass de Hämpù daas nit gäär het, aber äbe … Är het sich haut lieber mit demse Spiilini vertööret aus mit de iigete. Aber we im chlyyne Tooni dùù im Bruedersch Traktor a Bode kyyt isch ù d Kabina über ùm Faarersitz abbrochen isch, de het er sich chene voorstöle, dass es itzde gwautig häscheret.

Wa de Hans-Peter dä verùnfaut Traktor gsee het, de isch er aso stäärnshagùverrùckta choo, dass er au synner liidschte Flüech ù Beschümpfige uuspackt het. D Sakrament, d Chrüzeni, d Maria, de Jesus ù Gott säüber, ali hii iines Fett abbechoo. Sy Chopf isch ging rööter ù d Ùùge ging gäüber choo. Ù de, ù de, ù de … – het er ùf ds Maau kis Wort mee usibbraacht. D Zùnga styyffi wyn as ùngchochets Lasagneblatt.

Va dem Moment aa het dä Fluechi nümme chene rede oder ässe. Knapp triiche isch no ggange. Äär ù synner Öütere hii de a Tipp überchoo, zùm Muetergottes-Staziöönli bim Gaugehouz z gaa, für ga Abbitt z leischte.

«Wo ist dieses Statiönlein beim Galgenholz?», fragt de wäütsch Tschùgger.

«E, deich det, wo di dryy aute Frùnde gsyy sy, bevor si verzouberet choo sy.»

Oho! Di zwee Polizischte bestane itz vo zoberischt bis zùnderischt nùme no ùs Oor.

Bim Gaugehouz hii si sofort a Reaktion gspùrt. De Hans-Peter het nid i d Nööchi chene. Är isch epa füüf Meeter vo de Staatue awägg blockierta gsyy – vùretsi wy hindertsi. Di ganzi Famyli vo Pinggùs het dryy Roosechränz müesse bätte, für dass sich abitz epis taa het. Epa na ra Stùnn het de di Speri langsam gglùgget ù de gfange Brueder het ùmmi hiimchene. Aber rede no ki Toon.

Di Muetergottes het itz a spezieli Wùrkig ùf e Hans-Peter ghääbe. Für Pinggùs Chinn isch daas de chüùrzescht Wääg gsyy i d Schuu. Aber de Hämpù het ging mee a Ùmwääg afa mache: Hie het er drùm ging a groossa, schwarza Hùnn gsee. Dä het ne mit füürig·roote Ùùge aagstaret. Aber glyychzytig het mù das Bätte vor dem Staziöönli o guet taa. D Famyli het x Bittprozessioone dethäre gmacht, het z Totzete Roosechränz bbättet ù da het de Hans-Peter de ùmmi chene ässe, näy o ùmmi rede.

Är isch zùmlich kurierta gsyy. «Di zwùù drüü Maau, won er i de Wùche drùf no grobiäänisch ggredt het, het er bim Maria-Staziöönli am Gaugehouz de schwarz Hùnn mit de roote Ùùge gsee passe. Daa isch im Hämpù o de lötscht Gglùscht am Flueche vergange.»

Mit dem Satz höört de Husmatt-Puur uuf verzöle. Är hocket daa ù ggùgget truurig ùs de Wösch. Dùsse isch stockdicka Näbù.

14

Ds Lisi, de Beat ù de Pierre-Alain tuusche sich gäge Aabe bin era chùùrzi Videositzig uus. Ali müesse o vo de Recherche vo de andere ùf ùm nüüschte Stann syy – schùsch schaffe sis niit, das Räätsù z lööse.

Interessant isch, dass de Hubert Fasù a Wicht plagt het ù nùme as Papierli-Quatemberchinn gsyy isch. «Wier bruuche flingg ds Ergäbnis vo de Ggrichtsmedizin.»

Interessant isch o daas mit ùm Töönùs langjäärige Frùscht gäge sy Brueder ù daas mit ùm Toor i ds Jeensyts oder mit Trùùm, wo Lüt mengisch ganz näbenusi bringe.

As tuet guet z gsee, dass ali drüü erfougsversprächend ùnderwägs gsyy sy. Ali hii emù vùü erfaare ù sy zueversichtlich fùr di lötschti Quatembernacht. Ù d Polizyy het defùùr a versteerchta Pygge-Dienscht yygrichtet.

Bim Uufschryybe fale ne no di füürig·rooten Ùùge vo de lötschte Böösewichte uuf. Isch daas vilicht a Spuur? «Huurekùder!», laat de Polizischt eener ùnprofessionell usi. «Tuusig Spuure, aber ali füere i ds Gjätt usi.»

Si verabschiide sich ù wùnsche a gueti ù vor alùm ruhigi Nacht.

A brannschwarz aaggliiti Gstaut mit spitzige Zenn ù gäübgrüene Ùùge hocket obet de Metzgera ùf ema Fäüs·chlotz. Das Mannli ggùgget ùf e hinderscht Tùü vom Seeschlùnn. Är isch zfrùde.

I dene Nächt chan er ùmmi amaau sys Hobby gniesse. Är suuset gredi über Matte ù Ächer, über Stock ù Stii, über Hùble ù dùrch Höüzer. Ù wen er debyy de Lüt hie ùma a Göisehutt cha hinder i Rùgg wùy la chräsme oder ds Bluet cha la stocke, de giits mù graad topplet guet.

Är wùrft no a lötschta Blick hinderi ùf e Schwarzsee. Da überzyet er mit era uuslaadendi Bewegig vom Aarm das ganz Taau ù d Regioon mit ema dicke Näbù. Das fùut sich kuschelig aa.

Na der Sitzig mit syr Frou ù im Polizischt ligt de Beat i de Feyerssaaga chùùrz anni. As feet itz afa schaffe i sym Chopf ine. Är probiert sich i Gedanke 60 bis 100 Jaar zrùggzversetze. Denn wo Saageforschig ù Voukskùnd ganz bsùndersch beliebt gsyy isch. De het mù sich no andersch ùnderhaute. Guet verzöüti Giischtergschùchte sy Straassefääger gsyy.

Ds Chrütter-Bärti het fùr hüt von era ‹Hutätä-Nacht› ggredt. De Beat het im mitbbraachte Voukskùnde-Buech naagglääse, was es mit dem Hutätä ùf sich het. Das isch de Angschtmacher vo aune Aberglùùbische ù vo aune Chinn im Seiselann. Dasch de nächtlich Scheff vo de Wùùdi Jagd. Settig fiischteri Figuure chää gäär mit Wätter·fenomeen verbùne. Di gits i ganz Europa mit de ùnderschiidlichschte Nääme – vor alùm äbe chùùrz vor Wienachte.

Aber de Hutätä im Seiselann isch andersch: Was dää scho auz bboosgget ù Lüt plagt het – das fùut ganzi Büecher. Är het im a fräche Maa as Bieli i d Achsla gsteckt – ù über Maanete drigglaa. Är het gwùndrige Lüt Chnöche oder Rossbole la zuechoo. Ù de Hutätä het schliesslich as Chinn mitgnoo. «Am näächschte Moorge het mù im Taageasliecht a aune Öpfùbùùm Tuechfätze gfùne, wo vo de Chliider vo dem aarme Bueb choo sy!» De Beat cha dä Satz no ùswenig. Dä faart iim ging aso yy, dä verleert er nie im Lääbe.

I dem Buech hets o a Saag, won er no nit kennt het. Di redt vom a Pfaarer, wo am Sùnntig lieber giit ga Hase jaage, aus i de Chùùcha synner Schääfflini z hüete. D Chùùchegänger laat er komplet im Stich ù muess de zùr Straaf am Hùmù bis i ali Eewigkiit dùr d Lùft huule.

Neei! Asch nit waar? Im Beat synner Auptrùùm chan er i der Gschùcht naalääse. A groossa, schwarza Pööggù mit 50 bis 100 fiischtere Näble ù schwarze Tiereni, wo brüele ù tschädere; fùrchterlichi Gstaute, ghetzt ù ggjùflet wy ùf de Jagd; a Pfaarer mit Ggweer ù schwarze Jagdhùne i dene Wùuchebùùder ine.

Het ächt eper sy Trùùm fùr na Saagesammlig uufgschrùbe oder trùùmt äär ging a auti Erinnerig? Aber wy cheemis dezue?

15

Na de Cheesschnitta mit Puurehama ù Spiegùei i de Fe-
yerssaaga giit de Beat usi ga Pfüüffa rùùke. Da gspùrt er
de Winterstùùrm a de Oore ù beobachtet de Hùmù mit de
fiischtere Wùuchebùüder. Allerlei Pööggle – ù daa, ggùgg,
schommi! A Pfaarer ùf de Jagd mitz drinine. De Beat fùü-
met dä Uuftritt mit sym Handy.

A Gedanke schiesst mù dùr e Chopf. Dä feeu·ggliitet
Jagd·pfaarer, wo synner Schääfflini het la hocke, dä chenti
de Uursprùng vo au dene Hutätä-Saage syy. Kombiniert
mit ema fùrchterliche Winterstùùrm, chenti daas a Stùmig
ggää haa, wo d Lüt jaarelang het la verzöle. Ù de isch ging
mee aapasst choo: De Pfaarer het nit nùme d Mäss vergäs-
se, sondern het debyy gjagt. Är isch de nie mee
zrùgg·choo ù isch äbe de ùs Jääger i de Wùuche gsee
choo. Ali andere Erläbnis in a äänlichi Richtig oder mit
Böösewichte, hii d Lüt de ùs Bestäätigùng fùr d Waarhiit
vo der Pfaarer-Grùndsaag aagsee.

Aber de müessti eper im Beat di stùùrmischi Gschùcht i
sy Trùùm yygschlöiset haa. Eper wo iim entweder wott
häüffe, auso a Tipp gää, oder ine in a Fala locke … Das
bringt ne zùm Tschudere; är giit ùmmi yy a d Weermi. I de
Gaschtstùba bstöüt er no as Ggaffi ù nùmmt d Kopyy vo
iines Übersicht vùra. Dä Pfaarer ù sys Feeuverhaute ùs
Uursprùng, wo na de schwarze Häse mit de Zyt Jagd ùf d
Lüt macht. Was het di Hypothesa fùr Uuswùrkige ùf di an-
dere Ercignis vo de Lyyschta?

Son a egschtra booshafti Bruet fùnktionierti o bim Ùn-
ghüür vo de Fantùùmelöcher im Gautertaau, bim Bock mit
Chrale, wo säübschtbewùsste Mane ùf e Pùggù ggùmpet,
bim Giischt ùf de Brùscht im Toggeliloch oder bi dem, wo

de Mane Chnöpf i d Aarme macht i de Höli. Mit chli Fantasyy o bi de Kobolde i de Bäärge. Am meischte a Hutätä erinneret de Beat das Schaaf vo de Wouf·iich. Daas wo am Bùùm uufgheicht gsyy isch: «A aune Öpfùbùùm Tuechfätze gfùne, wo vo de Chliider vo dem aarme Bueb choo sy!»

Aber ali di Giischtererschyynige? De Beat bechùnt Göisehutt a de Aarme ù bis hinder i Näcke wùy. Gäär hetten er itz d Kira debyy. Di gspùrti, ob äär ùf ùm jùschte Wääg isch – oder i Gfaar. Wy ds Chrütter-Bärti oo. Aber dia het gsiit, si cheni leider nit mit iim ässe ù geengi itz no i ds Schneetryybe usi. De Beat schùttlet de Chopf: Wy cha si nùme? Ira settigi Nacht.

Husmattersch Beat ligt im Masseschlaag vo de Feyerssaaga. I de Bùni obe sy as par Madratze fùr settig, wo nùmme hiim wii. D Wùrti het mù as Linntuech ùn as Dachbett mitggää, dass er wööler sygi aus mit ùm Schlaafsack.

De Beat überprüeft no iinisch ds Natel. Nüüt. Ùmso besser. Aber är vermisst d Weermi ù ds Zämesyy mit syr Frou. Är treeit sich scho ds dritt Maau vo de Sytta ùf e Rùgg. Woou ween er. Aber schlaaffe isch böös. Är stùdiert ù cha sich mit böschtùm Wùle nid ergää. Ùmgekeert wiis er, dass sy Schlaaf graad i stressige Zytte wichtig isch. Jedi Sekùnda teeti iim guet, wäge moor müesse si Antworte haa. Na de Quatembertaage verschwinde au di mùgliche Züge ùmmi fùr dryy Maanet. Ù genau das Wùsse ùm e Zytdrùck bim Schlaaf, git a Tùùbi, wo ds Schlaaffe eersch rächt nùmme mùglich macht. A Tùùfùskreis.

Ùf ds Maau schreckt er uuf: «Lisi?» Neei, klaar. Är wiis itz, won er isch.

Isch im Tenn ùne epis ùmkyyt? Är ggùgget ùf ds Zyttli: Mitternacht. Da hii ne offebaar di stressige Gedanke glyych yygschlääfferet. As muess ne zwùsche viertù ab öüfi ù haubi zwoufi ggrumt haa, wenigschtens daas.

Är losst ù losst, aber köört nüüt. Passe, wytterschlaaffe, uufstaa? De Beat bruucht as Minütteli fùr na Entscheidig. De stiit er uuf.

Dùne im Tenn isch nüüt z gsee oder z kööre. Är liit syni Schyyjagga ù d Winterschue ùber ds Pyschama aa ù giit usi. As het ghöört schnye, aber isch yyschechaut. Är giit ùs ùm Huus, da tschuderets ne. Nit wäge de Chöüti. A ùndefinierbaari Angscht schnaagget mù ùnder ds Pyschama ù rumt mù fasch de Schnuuf. Är füut sich blockiert. Är füut sich einsam wy no nie. Är füut sich bedroot, aber vo waas? De Beat macht d Pfüüscht ù trùckt debyy synner Fingernaagle tùùf i d Handbale yy.

Da rumoorets ùnder ùm Dach vo de Saaga. Flingg treeit sich de Beat ùm − ds Huus mit de Aupe-Büwetta isch ùf ds Maau hell belüüchtet. Itz freeset dùr ds gschlosse Tenns·toor a füürigi Ggutscha usa, zoge vo zwùùne Ross, wo bi jedùm Uufträtte ùf ùm Bode Fùnke laa la sprüe. Dine hocke zwùù vùùrnäämi Fröläin i autmodische Trachte. Das Giischtergspann häbt vom Bode ab, macht a toli Rùndi ùber d Tane ùberi bis fasch ùber d Ärgera.

D Ggutscha cheert det wy ùf ena gheima Befääu ù suuset ùmmi gäge d Saaga zrùgg. Im Nu freeset si i ds Tenn yy ù verschwindet det mit Ross ù Lüt. Asch ùmmi stockfiischter.

De Beat schlingget sy Chopf ù chläpft sich. Är wott sicher syy, dass er nit schlaaft. Är meerkt, dass er im flätschnasse Chrutt hocket ù d Nessi dùr e Pyschama-Hosebode bis ùf d Hutt giit. Är het ki Aanig, wyn er i di Stölig choo isch, aber är packt de Roosechranz, won er fùr Nootfääu i sy Mantùsack gstopft het, ù haschplet as «Ave Maria». Är schwitzt, o wes ùnder null isch.

We de Beat briitbiinig gäge Masseschlaag zue waggelet, köört er a truurigi Melodyy vo wytter obe im Schlùnn. Är deicht a d Saag vom Spùùmannli. Itz erläbt ersch graad säüber: Mitternacht isch d Stùnn vo de Tootne. As tüecht ne, allerlei Ùùgepaar sygi ùf iin ggrichtet. Grüseligi Ggüüsse ù Angschtschreie chräsme dùr ds Taau – d Wäüt töönt ganz andersch i der Stùnn.

Im Beat isch schlächt. Är isch ds Dùssesyy ùs Puur ggwaanet, Chöüti ù Nessi mache mù nüüt. «As git kis schlächts Wätter, nùme schlächti Chliider», het er ùs Chinn vùü köört. Ù är bruucht dä Sprùch säüber regù-määssig. Aber itz füut er sich erbäärmlich ù muetergotts-seeu·aliinig. Nie vermisst er di ruhigi, partnerschaftlichi Aart vo syr Frou mee, aus aso aliinig mitz in era Quatem-bernacht. Är wott flingg a Schäärm ù ùmmi i ds Näscht.

Itz wiis o äär, wy son as ùhiimeligs Erläbnis yyfaart. Das brennt sich i ds Hùrni yy.

16

Da hocke si am Samschtigvùrmittaag am Nüüni i de Gaschtstùba vom Zouhuus fùr na Zwùschebilanz. De Beat, ds Lisi ù de Pierre-Alain Schaaffer hii ali ds Natel ùf ùm Tùsch. As chenti ging no Prichte vo nächtliche Giischtererschyynige oder -aagrùffe yhachoo. De Beat schaffts niit, syni iigeti Begägnig z verzöle. Fùr daas bruuchts a intyymera Raame aus a Beiz. Ù är muess zeersch säüber verstaa, was löschi Nacht abggangen isch.

De Kobold geebis no, hii si köört. Dä müesam Kùndi sygi itz vom Birbùùmli i d Weichlera zoge. We eper imù z nooch cheemi, byyssen er hinderlischtig i ds Wadli – wyn as Appezällerhùndli vorm a Puurehuus. De Hùrt vo de Wueschta hiigi o ùmmi allerlei Erschyynige ghääbe. A Giischt hiigi d Hùrte im Schöönebode plagt. Ù schliesslich kööre si vo Tuechfätze a de Pùschelibirebùùm vo Pinggùs Töönù! Tatsächlich, Tuechfätze i de Husmatt, graad wy bim Hutätä. Ds Lisi lüttet sofort hiimay aa, aber as geengi aune guet. Si vermisse zùm Glùck nüüt ù niemer.

Ds Lisi ggùgget zù de Kira hinderi. Ùm das chlyy Quatemberchinn hii si sich allerlei Soorge gmacht, aber as isch emù no zwääg. Zùm Glùck. Ds Lisi treeit sich ùmmi zù de Mane ù macht sich Muet: «I hoffe maau, da het nùme ùmmi eper im Pappa wöle Angscht yyjaage.»

«Oder üüs?», fragt de Beat.

«Oder üüs.»

Är ergänzt: «Mier tüecht, dä Bösewicht probieri ging epis Nüüs uus. Wier hii ja im Sùmmer scho vom a ggwùsse Schauk ggredt.»

«Zùm Byschpùü?»

«Esle a de Oore uufheiche, de Chüe ga d Schwänz trütschle …»

«Aber o jääzoornig! We eper spöttlet, das man er de gaar nit verlyde. Vilicht wott er üüs o mit ema Ziiche bremse.»

«Wier ziichne doch as Charakter- ù Iigeschafte·profyyl vo iim uuf», bringt sich de Pierre-Alain yy.

«Gueti Idee. Schryb scho maau ‹säübschtverliebt›», antwortet de Beat. «Mier chùnt er emù asoo voor.»

Verschideni Adjektiv chää yybbraacht. Nid ali hii vo aune di glyychi Ùnderstützig, aber das macht nüüt. Si sy eersch dran, iines Hùrni yyzwäärme ù epis usazchitzle.

Aber we si di Begrüffe de aaggùgge, zyet de Polizischt ds Fazit: «Ja aber, a konkreeti Persoon isch da seer ùnwarschynlich.» Immerhin stane ùf dem Blatt Iigeschafte wy «kann durch die Luft fliegen» oder «erscheint als Geist oder wildes Tier» oder «glühend rote Augen». Daas mit de loogische Feeler bi de Nääme, wo nùme Mensche cheni mache, das sygi awä doch nüüt.

Ds Lisi bletteret i de Notize ù suecht epis im a Buech. «We mer di Ereignis probiere z verstaa, tüecht es mier, d Saage- ù Mythologiebüecher sygi fasch üser wichtigschte Hùüfsmittù», siit si.

«Ja», chùnt vom Beat, «i ha o scho ds Gfüu ghääbe, de Böösewicht bruuchi di regionaale Saage ù Määrlini wyn as Rezäptbuech. Ù är wöli dii ali i de Gägewart uusteschte.»

«Stùmmt, gaa mer dem maau naa!», siit de Pierre-Alain. «Das mache mer gäär, gau Beat!»

D Faszination für Saage verbindt di zwee Mane fründschaftlich. Beid hii scho ùs Primaarschüeler lieber Zwäärge ù Häxe ghääbe aus Piraate ù Vampyyre. O ds Lisi kennt vùü Gschùchte ù Ereignis, wo mù asoo verzööt, wy we si wùrklich passiert wee: Saage sou mù gglùùbe. Drùm taaf mù zmitz dri nüüt hinderfraage. Eersch we si verbyy isch, cha mù probiere, ds Räätsù z lööse – we mù daas wott.

«Ù wen a Gschùcht, wy dia vom Torrybock», siit de Pierre-Alain, «mit era natuurnoochi Erkläärig uufghöört het, de bùni aube jùscht enttüüschta gsyy.»

«Ja, genau, oni gstraafti oder verstùckleti Verlierer oder straalendi Ggwinner syn es doch kinner jùschte Saage!»

«Ou, dasch de gfäärlich, so Züüg über ds Verstùckle graad itz z sääge», faart ds Lisi dezwùsche. Asch nit Zyt fùr nostalgischi Idealisierige vo dene Saage.

«Hesch rächt», siit de Beat tempfta. «Hüt geebeni vùü, we sich au di booshafte Aktione ù di vùle plagte Opfer ùs schlächti Trùùm oder wenigschtens ùs Streiche usastöüti. As het schliesslich scho a Toota ggää.»

Ds Lisi riicht di zwee de i d Wùrklichkiit zrùgg: «Ier machet ööch verdächtig. Wäge de Böösewicht muess d Seisler Saage extreem guet kene.»

D Mane nicke: Das schynt gsetzt. Eper, wo Saage·spuure liit ù sich Spässlini erlùùbt.

17

Ds Chrütter-Bärti chùnt i d Gaschtstùba vom Zouhuus, hocket bi iine am Tùsch ab ù bstöüt as Incarom. Di andere bstöle no as zweits Ggaffi.

«Isch ggange lötscht Nacht?»

«Ja, guet. Asch verhäütnismäässig ruhig gsyy.»

«Ù glyych hiit er i der Nacht wöle aliinig syy. Da machet er ööch verdächtig», siit de Polizischt Schaaffer.

D Bertha Pürro drùckset chli ùma ù ggùgget mù schliesslich i d Ùùge. «Het di Frou Riedo mier im Verdacht?»

«Neei, wier säüber.»

Di Rivalitäät zwùschet de Frou Riedo ù de Frou Pürro isch wy zwùsche zweene jùnge Ggüggle. As isch, wy we jedi dii drùmùm vo *iiras* Miinig wetti ùberzüge ù zù *iiras* föschte Gglùùbe wetti bekeere.

Na zweene Schlùck Ggaffi gits de ds Chrütter-Bärti zue. Si cheni mit Lüt oder Sache Kontakt uufnää, wo wyt fort sygi. Si cheni Wäsehiite ù Energye ù Giischter i anderne Dimensioone waarnää. «A Huuffe Lüt chää zù mier, wyl si Fraage a Aaghöörigi hii, wo gstoorbe sy.» Für settig Kontäkt sygi Froufaschtenächt wichtig. Da sygi d Seele vo de Gstoorbene bsùndersch aktiv. Si hiigi auso ùnbedingt müesse wärche lötscht Nacht. Drùm hiigi si di Froufaschtenacht o nit chene mit ùm Lisi ù im Beat verbringe.

«Aber we daas stùmmti, de müesstet er doch o chene gsee, wäär hinder au dene hassige Sache steckt», heicht de Polizischt aa.

«Ja, dä Yywann chani naavouzye. Aber ds Gägenüber het mier a Bann gschùckt, won ii nit säüber cha lööse. Wen es ùm dä Fau giit, isch mys dritt Ùùg blockierts.»

«Chenti d Kira häüffe?», bringt ds Lisi yy.

«Warschynlich schoo. Si het ja scho allerlei waargnoo – ù isch as Froufaschtechinn.»

«Wo isch d Kira ùberhoupt?», fragt de Beat.

«Si spüüt det – neei, si schlaaft det ääne.» Ds Lisi ziigt ùf ds Endi vom Saau, wo de Beizehùnn hocket ù d Kira näbezùy pfuuset. «Si tuet zyt geschter nüüt deglyyche wäge Giischter.»

«Ja», meerkt de Beat, «d Hellsichtigkiit vo de Kira isch awä doch nit so uuspräägt.» Är deicht a sys iiget Erläbnis lötscht Nacht.

«De müesse mer haut ùf andere Wääge a Antwort fùne.»

«Aber nit vergässe: Vorwärts mache!», schliesst de Pierre-Alain ù nùmmt de lötscht Schlùck Ggaffi. «Wier hii nùme no bis z Mitternacht Zyt. Näy sy d Fronfaschte verbyy.»

As chnorigs, bartigs Mannli hocket ùf ema Bänkli bi ra Füürstöü im Seise Mittùlann ù ggùgget i d Wytti. «Seer schöön hie», siit er u rybt sich d Henn.

Di Gstaut stùdiert a iiras Lieblings·oorte ùma: Ds Massif Central fùr Andouillette ù Bluetwùùrscht. Wy ds Bluet, wo de Lüt stocket, wen er iine Angscht macht. Sizilie fùr d Gelati ù de Strand, wo sich d Lüt scho säüber voorgriliere. Ù Ostrava mit ùm Chlappere vo de Zenn vo de Stadtstryycher. Vo Chöüti oder vo Angscht – das töönt beides na dehiim. A denen dryynen Oorte het er auz fäüseföscht ùnder Kontrola.

Di Regioon, won er hie itz graad isch, di wee diräkt ùs vierta Oort deichbaar. Nooch bim Uur-Hutätä ù seer empfänglich fùr synner Aktione ù Bootschafte.

Wobyy: Vier isch ki Zaau, wo ne interessiert. Entweder schiesst er a anderi Deschtination usi ù het ùmmi dryù. Oder är stockt ùf sùbe uuf oder ùf 13 oder no besser ùf 666. Ja, 666 Oorte, won äär ali Macht het, das wees itz!

D Ùùge vom Mannli lüüchte bi dem Gedanke füü-rig·root.

18

Ds Lisi wott mit iiras Vatter ga rede wäge dene Tuechfätze a de Bùùm. Ù was er im Polizischt über sy Brueder verzöüt het, das Puzzlestùcki passt i iines Recherche no niena dri. Si hoffet, dass er daa eersch a Aaspiilig gmacht het ù no mee bruuchbaari Element cha sääge. Di setti iine häüffe, ds ganz Puzzle zämezsetze.

Pinggùs Töönù het lösch Nacht miserabù gschlaaffe – nit nùme wäg ùm Stùùrm ù Läärm dùsse. We itz sys Miitli zù iim i d Stùba hocket, muess si nüüt fraage. Är feet vo säüber aa verzöle: «I ha mier ging epis ggwùnscht, wo myys isch. Epis won i besser cha aus de Hämpù. Ob er gfluechet het oder niit, ob er blockierta gsyy isch oder niit. Ali hii ging nùme gfragt, wyn es *iim* giit. Debyy bùn ii doch o eper!» Aber au di Versüech, sy Brueder z überträffe, hiigi de Töönù eersch rächt in as Loch ayzoge. Ù debyy het er doch Bewyyse, dass de Hämpù dank Aarsch·läcke ù Lùùge bi de Eerbschaft starch bevorzùùgt choo sygi.

«Dasch doch a uurauti Gschùcht», siit ds Lisi.

«Jaa, aber im Meerze vo dem Jaar, het de Hämpù i ds Spitaau müesse. Fuess verstuucht oder so.» De Töönù macht a abschätzigi Bewegig. Ali hiigi ùmmi nùme vom aarme Hans-Peter ggredt. Debyy hiigi doch äär, de Töönù, o scho mit über 39 Graad Fieber oder mit ema bbrochne Fuess d Chüe gmouche ù im Stau fertig gmacht. Settigs sygi de Lüt nid amaau jùscht uufgfale. «Ù dä Tonder hets itz no soo treeit, dass ds Spitaau mier d Rächnig gschùckt het.»

Ds Lisi chas fasch nit gglùùbe: «So lang, über ali di Jaar, heschù dä Früscht gäge Vetter Hans-Peter so ùnveraarbiitet mit dier ùmatraage?»

De Husmatter nickt. Denn hiigen er gsiit: «We mier doch endlich eper chenti häüffe!»

I dem Moment isch Pinggùs Töönù im Äschterich obe gsyy ù het Isolierplatte uusggliit. Da stiit a chlyyna Mändù mit ema hellgrüene Mantù ù im a Spitzbärtli vor iim. Ùf ùm Chopf a dùnkùgrüena Huet mit era Ggüggùfädera. Dä het im Töönù Saame i d Hann trùckt, wo iim häüffi: «Dù würsch ging mee Glück im Stau, ùf de Blätze ù Matte haa. Ù dù büsch beliebt bi de Koleege ù Frùnde. Ù dù chùsch de, würsch gsee, ging erfoug·ryycher ù mächtiger.»

«Saame vom Tüüfù?»

De Pappa reagiert nit ùf di Fraag. «Am glyychen Aabe sy mynner dryy aute Frùnde vor de Tùùr gstane für mit mier cho Frùde z mache. I ha bitz Zyt bbruucht für z meerke, dass itz auz guet chùnt. Zwee Taage drùf isch as gsùnns Chuechaubli ùf d Wäüt choo, vo ra Chue, wo mer scho lang Soorge gmacht het. De Maarder, wo ging isch cho Eier stääle, isch mer i d Fala ggange. Mynner Hacke-Schùude hani endlich chene abzaale. Itz hii ali wöle wùsse, wyn es mier giit. Sogaar für d Tschùggere büni interessant gsyy, das het mer de weniger gfale. Aber mier isch ging mee gglückt. Ja, ù de büni ùmmi amaau ga jaage – ù ha priicht wyn as Härgöttli.» Ds Priiche hiigi sym Lääbe Sinn ggää. Är sygi sogaar egschtra mit ùm Hämpù ga jaage, dass dää gseegi, was sy Brueder cheni. Mit dem hiigen er sich itz o ùmmi vertraage.

Ds Lisi erchlùpft ging mee: «Was het de de Hörnliköbù defùùr wöle?»

«Nüüt – ùf e eerscht Blick.»

«Ù ùf e zweita?»

«I wiiss niit, ob dùs scho gsee hesch – ja ob dùs überhoupt chasch gsee», verzöüt de aut Puur lyyslig. Im Äschterich hiigis ganz hinder as Tùùrli. Sy hellgrüen Häüffer hiigi mù gsiit: «Dù taafsch auz mache, was dù wosch – aber ùf gaar ki Fau das Tööri det tuuffe.»

«Oje, dasch hörts!», schwaderets ùs ùm Lisi usa. Graad de Pappa! Dä muess ging au Fääde i de Hann phaute. Drùm fragt si: «Het er gsiit wysoo?»

«Är müessi as par Wùche a wichtiga Schatz det ine laagere. Drùm: Ùf ki Fau dri·ggùgge.»

Ds Lisi het vo settigne tüüflische Gschäft köört. Dasch de chrischtlich Drùck, fùr Lüt zùm Fouge z bringe – ù fùr ne as schlächts Ggwùsse z mache. D Angscht vor Bestraafig ù Fägfüür heicht Taag ù Nacht über aune Täätigkiite. Vorsichtig fragt si: «Ù de, heschùs gschafft, nit drizggùgge?»

De Töönù chratzet sich a de Glatza. «Lang isch guet ggange. De Äschterich isch ja mys Jagdrümmli, won i vùù Zyt mit Pùtzerle ù Vorberiite verbringe. I bù mengisch voorzùy gstane, aber has nie aaggrüert.» As hiigi ne tüecht, das Tùùrli sygi nit ging am glyyche Oort gsyy. Das het aagfange, i de ganzi Wann ùmazwandere, ù mengisch isch es as par Taage ganz verschwùnde. «De Tüüfù het auz ggää: Im Spaatsùmmer het es mier tääglich i de Fingerspitze ggùslet. I ha ging mee müesse ga ggùgge ù ha baud jedi Nacht vo dem Tùùrli trùùmt. Vom Schatz, won i zuesätzlich no chenti überchoo. Ù im Hörbscht hani nümme andersch chene: Da hets müesse syy.»

Ds Lisi erchlùpft. «Ù de? Sägg!»

«Nüüt – ùf e eerscht Blick.»

«Leersch?»

De Pappa nickt stùmm ù richtet syni Brùla. «Nùme ds dräckig ù verhùdlet Plüschmüüsli vo de Kira.»

«Wenn isch de daas gsyy?»

«Genau a dem Taag Anfang November, wo d Tschùgge-re mier abgfüert hii.»

«Okey. Itz isch natüürlich d Fraag: Zuefau? Oder hii si dier abgfüert ùs Straaf – di eerschti Foug vo dym Feeuver-haute. Oder hii dier d Polizischte scho wöle schùtze vor ma Böösewicht? Oder de Schaaffer het Kontakt zùm Böö-sewicht. Dä kennt ja d Saage guet.»

«Irgendepis asoo isch es awä gsyy», siit de Töönù lyys-lig. Är hocket i de Stùba wyn a Häpperesack.

«Ù schùsch: Gits ander Sache, wo dù meerksch?»

«Mengisch chùmeni mier voor wy fäärngstüüreta. Men-gisch blùnzlet es bi mier zwùù drüü Maau, oni dass ii daas aktiv mache. Ù wen i ùmmi zue mer chùme, bùni irgend-woo ù ha ki Aanig, wyn i dethäre choo bù.»

Ds Lisi macht Notize.

«Ù ebe, dää mit ùm Jaage …», faart de Pappa fort. «Gschosse hani zyt dem Taag kis einzigs Tier mee. D Prii-chi isch fort, o wes mi tüecht, i meechi auz glyych wy de-voor.» Ù na ra Pousa füegt er aa: «Nümme z priiche geen-gi ja no. Aber dä Hirsch het mer d Zùnga usigstreckt! Das het mi pùtzverrùckta gmacht.»

Ds Lisi bruucht as par Sekùnde fùr daas z veraarbiite. «Dù bùsch iigentlich a rächta Egoischt. We dù mit über-sinnlicher Hùüf auz priichsch, isch daas normaau. Tipp-topp. We dù aber ùs ùm glyyche Gründ nümme priichsch, de bùschù dää, wo am lùtteschte brüelet, das sygi ùnna-tüürlich.»

«Ja, i wiiss. Aber genau denn hani gmeerkt: Är wott mier dùrimache.»

19

Ds Lisi macht wytter mit de Befraagig: «Heschù de das Tùùrli nùme iinisch tùffe, Pappa?»

«Leider niit», siit de Töönù lyyslig. «Am Donschtig hani my Jagdhuet gsuecht. Da isch ds Tùùrli graad so ùf era gäbigi Hööji gsyy – ùn i ha det o no drinyy ggùgget.»

«Auso vorgeschter, wo de Hubert gstoorben isch?»

«Äbe ja. Drùm hani son as schlächts Ggwùsse. I ha ds Gfùu, i sygi tschùud.»

Ds Lisi macht ùmmi Notize. Schliesslich chùnt ra i Sinn, was si iigentlich het wöle cho rede. «Ù di Tuechfätze lösch Nacht a de Pùschelibiire·bùùm? Was chenti daas bedüte?»

«As Ziiche vilicht?»

«Wott der eper Angscht mache?»

«Ja, aber dasch a koomischa Wääg. Mit Pùschelibiire mache mer epa ki Ggwinn. Ù o d Gröössi isch nüüt Uuffäligs – weder vo de Bùùm no vo de Frùcht.»

Das tüecht ds Lisi niit: «Vilicht mues mù mit so epis d Seisler träffe: epis Frybùùrgerisches, epis Iigets, epis Häärzigs, wo iim nooch giit.»

De Pappa höütet de Chopf wyn a Hùnn, wo zuelosst. Är schynt z ùberlege. Sys Miitli macht de Gedanke wytter: «Dùù sowysoo. Dä Böösewicht wiiss, mit waas fùr ra Frùùd ù Energye dùù dier ùm dynner Pùschelibiire·bùùmlini tuesch kùmmere.»

D Stùbetùùr i de Husmatt giit uuf ù de Beat chùnt ycha. «Wier wùsse ging mee. Itz chùnt es de guet, Beat», siit mù ds Lisi bi de Begrüessig.

Dä winkt ab. Bevor syni Frou ds Nüüschta verzöüt, mues äär zeersch epis sääge. «I ha no probiert, dem mit dene Cheesmadlini naazgaa. Töönù: I ha im Agnes i de Innerschwyz aagglüttet. Si siit, dùù hiigisch iira voorgschlaage, mit de Kira z spine. Stùmmt daas?»

«Cha scho syy», antwortet de Schwigervatter. «Wiiss nümme so gnaau.»

«Är isch ùnder de Ggwaut vom Tüüfù. Probier amaau ds Chrütter-Bärti z fùne. Vilicht wiiss dia, was mer am böschte mache.»

De Beat nickt. Aber är isch no wäge epis andersch i di näbligi Husmatt zrùgg·choo. Über d Kira wetten er o no mit syr Frou rede. D Kira schlaaft de ganz Taag. Schùsch müesse si dem Miitli am Aabe fasch d Batterye ga usinää. Ging ùnderwägs. De Beat hiigi si gäge Mittaag im Zouhuus gweckt ù gfragt, wysoo si iigentlich so fuuli sygi, ù zyt wenn. Ù d Kira hiigi chli gstùdiert, de Hùnn gstryychlet, sygi abgglääge ù hiigi wytterpfuuset. Oni a Antwort.

«Nächti isch si o früü ga lige ù het nid amaau as Guetnacht·gschùchtli wöle», siit itz o ds Lisi. Da hiigi si aber no nüüt debyy ddeicht.

«Müesse mer zùm Dokter mit era?»

Mattersch Viktor giit es ùmmi besser, het ds Lisi chene föscht·stöle. Si het im Spitaau z Taafersch aagglüttet, ù da het sich dä Maa säuber ùs «Viktöörli-Traktöörli» beziichnet. Eper, wo so vùü Säübscht·ironie usitriit, isch sicher über ùm Bäärg.

D Spuure am Körper wääre blyybe, aber är redt emù scho vo hiim: «Hoffentlich het mer eper de Rapid vor ds Huus gstöüt. I bruuche dää.» Ù was siit er hüt zù de Saage? Ds Lisi mues mù d Wùùrm ùs de Naasa zye, bis dä hörthouzig Schlùndler zuegit: «I bù scho zwùùre im Spitaau-Chäppeli z Mäss gsyy. We eper a Bock mit Chrale ùf ùm Pùggù ghääbe het, de chùnt o de steerchscht Plaaschti bitz bättiga.» Är teegi emù niemer mee belächle.

O im Wueschta-Pöülù ù im Toggeli-Kari giits tou besser. Aber dass de aut ù wytùma bekannt Chreemer Fasù het müesse stäärbe, das chùnt itz im ganze Bezirk ùma ggredt. Bi vùüne grablet d Angscht über e Körper. Das meerkt mù a de Stùmig i de Lùft.

20

Am Samschtignamittaag am vieri isch a näächschti Besprächig vo Beat, Lisi ù Pierre-Alain aagsetzt. Si maches graad über iines Computere. De Pierre-Alain Schaaffer hocket ùf ùm Poschte z Plaffeie, ds Lisi mit de Kira im Chalet yygangs Schwarzsee. De Beat isch i de Husmatt. Är het hüt bim chùùrze Taagesliecht no allerlei ùf ùm Puurehoof erlediget.

De Polizischt het no wytteri Züge befragt. Är probiert Lùcke usazfùütere ù z fùle, wes giit. Är erwaartet no hüt as Telefon vo de Obduktion.

Ds Lisi ù de Beat verzöle vo dene nüüschte Uussaage vom Töönù. «Seer interessant», quittiert daas de Pierre-Alain.

De verzouberet Töönù kööri awä zùm Päckli, muetmaasset de Beat.

«Bringet amaau ganz spontaan Vermuetige ù Spuure yy», het de Polizischt a Idee. «Niemer taaf Angscht haa vor abschtruuse Gedanke. Auz cha üüs epis bringe.»

«Mier lùùft a Gedanke naa», siit ds Lisi. De Pappa hiigi iira verzöüt, är hiigi lut gsiit: «We mier doch endlich eper chenti häüffe!» Bi dene Wort sygi de as tüüflisches, hellgrüens Männli daagstane. Dä Satz cheemi iira so bekannt voor. «Gits irgend a Saag oder as Määrli, won es o so töönt?»

«Bim German Kolly gits doch ‹De Jäggeli im Ofeloch› ù ‹ds Wäägchrüz›», siit de Pierre-Alain. Bi beidne häüffi de Tüüfù i de Noot ù foorderi defùùr a Gägeleischtig. «D Hùùptpersoone chii sich aber ùs de Schlinga zye.»

«Dasch bi de Urner Tüüfùsbrùgg ja o asoo», heicht de Beat aa.

«Oder bim Faust vom Goethe», wiiss de Polizischt.

«Hesch nit dùù säuber dä Satz im Früeling o bbruucht, Lisi, we mer ds Chrütter-Bärti so lang nit gfùne hii?»

«Haha. Woschù epa sääge, i sygi a Häx?» Si tütet a Box a Oberaarm aa. Über Video giits haut nit diräkter.

Bim Pierre-Alain Schaaffer ùf ùm Poschte lüttet ds Telefon. Är siit drüümaau «Ja» ù schrybt drüü Wörter ùf enas Blatt. De heicht er uuf. Synner Sitzigspaartner ggùgge ne gspannt aa. «Är het Erfrierige ghääbe, aber eersch de Biss i Haus het de Hubert Fasù töötet. Epa z Mitternacht sygen er gstoorbe.»

«Chrüzpolyschägga!», rùtscht es im Beat usi. Är laat sich mit groosse Ùùge gäge hinder i d Stuulääna la kye.

Ds Lisi fasst sich chli flingger. «Da hii mersch mit ema uusggwachsne Böösewicht z tüe», fasst si di nüi Information zäme.

«Ja, vo dem gaa mer scho lang uus», siit de Pierre-Alain. «Wier müesse wytter Gschùchte sammle ù üser Telefon hüete.»

Aproppo hüete. «Kira, isch iigentlich schöö gsyy geschter Namittaag?», fragt de Beat.

D Kira ggùgget näb ùm Lisi i d Kamera ù nickt.

«Was hiit er de so gmacht, d Frou Riedo ù dùù?»

«Zeersch awee Memory gspùüt. Ùn näy Müeterlis.»

«Heschù ùmmi ds Mami gspùüt wy ging?»

«Neei, d Christine isch ds Mami gsyy. Si het gsiit, si müessi üebe.»

«I has no vermuetet», siit ds Lisi. «Si het ùm e Buuch ùm rächt zueggliit. Ù drùm isch si awä so luunischi gsyy.»

D Kira verzöüt wytter: «Si het mier Windle aaggliit ù ùnder e Stùbebank ggliit. Vo det hani nümme törffe vùra choo. Das lengwylig Spùü isch mier verliidet. I ha epis an-

dersch wöle mache, aber d Christine het bbauget mit mer:
I müessi no det drùnder blyybe!»

«Ù dù hesch gfouget? Das wee ja ganz epis Nüüs»,
zùntet de Beat.

«I ha scho wöle vùrachoo ù uufstaa. Aber si het mi de
ùmmi zrùgg·gstoosse. I müessi itz no zää Minutte blyybe.
De geeben es de defùùr as feins Zvieri.»

«Ù was hets ggää?»

«Byssguyy ù Sirup, wo si säüber gmacht het.»

«Auso, zrùgg zùm Theema», siit de Pierre-Alain, wen
er meerkt, dass das Gsprääch abdriftet. «Guet, hii mer nis
chùùrz chene uustuusche. Tüe mer no di näächschte
Schritte vertiile?»

De Beat setti itzde ga mäüche. Ds Lisi muess no ruume
ù d Kira hiimbringe. Aber beidi verspräche, dass si hüt
wytter wöli drablyybe.

Ù de Pierre-Alain schliesst d Sitzig ab: «I schlee voor,
dass mer üüs hinacht am sùbni i de Husmatt träffe», siit de
Polizyy·korporaau. Är neemi de no graad ii bis zwee Ko-
leege mit.

«Ù ggùgg doch graad, Pierre-Alain, ob der ds Chrütter-
Bärti ù d Voukskùndleri Riedo verwùtschet. Di sùù am
böschte o graad choo.»

21

De Pierre-Alain Schaaffer ù de Jean Barras vo Mùrett stöle Pinggùs Töönù. Si stane bim bekannte Maria-Staziöönli i de Mitti zwùsche Cheeseryy ù Husmatt. Im Näbù ù hinder ra Kùùrva het de Verdächtiga ùf ùm Traktoor di Polizischte nit chene gsee. De Husmatt-Puur ggùgget di zwee Uniformierte nùme ùnglùùbig aa.

«Ier syd verhaftet, wäge Verdacht im Zämehang mit ùm Tood vom Hubert Fasù.» De Kommandant z Frybùrg het daas soo aaggoordnet. Ali zämegsammlete Indizie tùtti ùf e Husmatt-Puur ùs Tääter hii.

«I wiiss nit, vo waas dass der redet.»

«Vilicht isch es ggange, oni dass dersch gmeerkt hiit ù oni dass der epis deggäge hiit chene mache. Aber im Soog vom Bööse hiit er i dem Jaar scho allerlei aagstöüt. Ier hiit säüber gsiit, ier füelet nùch ‹fäärngstüüret›.»

Ds Lisi faart graad dezue. Iiras Pappa hocket daa, bliicha ù yykyyta wyn as Hüüffeli Elend. «Giits, Pappa?»

«Vilicht isch es besser soo», antwortet dää lyyslig. «I bechùme säüber Angscht vo myr Chraft.»

Ds Lisi schleet voor, dass si zeersch graad i d Husmatt a d Weermi gange. D Polizischte sy yyverstane, d Befraagig det aazfaa. D Bysa hie isch ùnerträäglich. Ù vo dem zämetschätterete Mannli giit ki Gfaar uus. De Husmatter cha de o no synner Cheeseryy·chliider tuusche, bevor si ne mitnäme.

Ds Ggaffi weckt langsam ùmmi im Töönùs Lääbesgiischter. De Korporaau Schaaffer hocket hinder ùm Tùsch ù macht Notize. De wäütsch Tschùgger stiit i de Chùchi, beobachtet ù bewacht.

«Ebe, was wiit er itz schommi wùsse?», fragt de aut Husmatt-Puur chli ùngedùudig.

De Pierre-Alain Schaaffer wetti gäär mit de Nacht im Gantrisch obe aafaa. Da hets itz as par nüi Fraage ggää. Bevor er aber di eerschti Fraag pùschelet, chlopfets i de Husmatt a d Tùùr. Ds Chrütter-Bärti stiit voorùsse.

Ds Lisi füert si ycha ù wyyst ra a Platz am lenge Chùchitùsch zue. «Ù de, Bärti, chaschù häüffe, de Pappa vo dem Zouber z erlööse?»

«I chas probiere», antwortet di auti Frou. Si schynt di Fraag erwaartet z haa. «Taafi?», fragt si ù ggùgget d Polizischte ù ds Lisi aa. Di nicke. «Ùn ier, Herr Lùùper?» O dää isch yyverstane. Schlùmmer chas sowysoo nümme choo.

Ds Chrütter-Bärti fragt fùr na chlyyna Schlùck Liitigswasser im a Glaas. Si git a Zyleta Tröpf vo ra Tinktuur det dri. «Im Muu chli ùmaggùtsche ù näy eersch schlùcke», siit si. Das macht de aut Puur.

Dewyle nùmmt si a Thermos·chrueg ùs ùm Rùcksack. Si het det dri a Suud kanet, wo si i ds leer Glaas fùüt ù Pinggùs Töönù annistreckt. «Nämet a chräftiga Schlùck.»

Bevor er daas macht, siit si im wäütsche Polizischt, är söli nööcher zùystaa ù söli gfasst syy.

De Husmatt-Puur het nümme z verliere. Är fùüt ds Muu, schlùckt ay, schüttlet sich ù ggùgget i d Rùndi. «Nüüt ...», wott er graad sääge ù scho kyyt er i d Öpfle. «Itze», siit ds Bärti ù de Polizischt het ne föscht. De bewùsstloos Töönù cha nümme hocke, drùm liit ne de Jean Barras langsam a Bode.

«Zeersch het er a liche·tinktuur ùberchoo», erkläärt si de andere, «fùr sich z steerche. Är isch so totaau am Rùmpf.» Ù dä staarch Suud ùs Wärmuet ù Byyfues itz, mit dem chene si di bööse Giischter vertryybe ù Verzouberige lööse. Är erwachi baud ùmmi, sygi de aber abitz im a meditative Zuestann. «Dä Zouberbann setti fertig syy. Denn chan er sich aber no a ds einta oder andera bsùne.» D Lüt hie cheni iim de as par Fraage stöle.

De Töönù erwachet. Är stiit langsam uuf ù hocket ùmmi ùf sy Stuu ùne am Tùsch. Är ggùgget gredi fort gäge d Chùchitùùr. Ds Chrütter-Bärti redt ne aa: «Herr Lùùper, hiit er de Hubert gsee stäärbe?»

«Ja, i ha ne gsee dùr nas Liechttoor dedùùrgaa.»

«As fùnktioniert», siit ds Bärti de andere. «I ha äbe gsee, dass äärsch o gsee het. Ù denn hani ggwùsst, dass üüs zwùù itz daas tuet verbine. Normaalerwyys isch es extreem kompliziert, ùs de Fäng vom Tüüfù ùmmi usizchoo. Aber zyt denn wiisi, dass ii ne vom Zouber cha befrye.»

«Taaf ii de o epis fraage?», wott itz de Korporaau Schaaffer vo de Chrütterfrou wùsse.

Si macht as Ziiche, wy we si iim de Voortritt laati. Dewyle macht si a zweiti Tinktuur paraat. De Polizischt macht sich de Haus fryy ù siit de: «Herr Lùùper, wo hiit er dä Saame, wo der bechoo hiit?»

De Puur grüüft sich hinder rächts a Hosesack ù packt sy Gäüdseckù ùf e Tùsch. Vom Fächli mit ùm Mùnz nùmmt er as chlyys Papier·gguweer usa. «Wen es leersch gsyy isch, het es sich ging vo säüber ùmmi gfùùt.»

«De fraageni doch o graad, wy daas mit dene Cheesmaade ggangen isch», siit ds Lisi. «Pappa, heschù ggwùsst, dass es Madlini git, wen as Quatemberchinn tuet spine?»

«Neei», antwortet dää. «As stùmmt, dass ii im Agnes voorgschlaage ha, mit de Kira z spine. Aber devoor het mier doch d Frou Riedo gsiit: ‹Di hütige Chinn spine ifach z weenig, ù debyy wee daas doch so guet fùr iines Entwicklig.›»

Ds Lisi nickt im Polizischt zue ù macht a Notiz. Itz wotts de Korporaau Schaaffer aber wùsse. Är packt de Mùni a de Hööm: «Herr Lùùper, hiit ier de Hubert Fasù töötet?»

Bi der Fraag gits dùsse a fùrchterlicha Chlapf. As rùmplet ù git taag·heli Blitze ù feet afa stùùrme. Au ggùmpe uuf ù springe zùm Pfeischter. Het es am an Oort yygschlaage?

«De Böösewicht isch awä a Wätterzouberer!», siit ds Lisi. «Koomisch: Ging, we mer hie bstùmmti Sache rede, feets graad fùrchtbaar afa ggwittere.»

Ùne am Tùsch hocket Pinggùs Töönù ù ggùgget di andere Lüt verstöberet aa. Är fragt nüüt, nùmmt de lötscht Schlùck chauts Ggaffi ù triicht o graad ds zweit Glaas mit de Tinktuur uus. Rosmaryyn sette ne ùmmi jùscht ùf d Bii bringe.

22

Ds Lisi liit flingg a Rägehuet aa ù ggùmpet usi, fùr ga d Hüener yyztue. Äänet ùm Stau gseet si de flätschnass Beat a ra Plachi schryysse. Är probiert no allerlei Züüg a Schäärm z tue. Ds Lisi giit mù ga häüffe. Endlich isch de ds Wichtigschta gschùtzt. Tropfetnassi waarte si im Chaublistau, dass de Stùùrm chli lùgg laat ù sii ùmmi i ds Huus zrùgg·chii.

«So chaut, wyn es gsyy isch ...», schùttlet de Beat de Chopf. «Ùf ds Maau a Schwaderyy wy bim a Sùmmer-ggwitter.»

«Ù di ganzi Zyt dä Näbù. As verwùndereti mier niit, wen es hinacht no Yysch·rään geebi.»

Si chäme beidi nit druus, was ds Wätter da veraastautet. Aber ds Lisi verzöüt itz lieber vo de Erlöösig vo iiras Vatter ù der spezi+eli Befraagig vori. «Beat, mier giit epis nid ùs ùm Chopf. Wier hii gsiit ‹eper, wo d Seisler Saagewäüt guet kennt›. I wùssti son a Persoon.»

«Ja, i stùdiere o ging a allerlei mùgliche Verdächtige ùma. Wier setti di Aasätz amaau bis fertig deiche.»

Ds Lisi isch hellwach ù kanet.

«Auso, dù minsch demfau, Pinggùs Töönù sygi trotz de Verhäxig nit de Ùbùtääter?», fragt de Beat.

«Jaa, je lenger je weniger.»

«Das siischù doch nùme fùr dy Vatter z entlaschte.»

«Ù we scho: Genau daas isch vo Aafang aan üsa Uuf-traag gsyy. Drùm sy mer scho zyt nün Maanet am Sueche statt dehiim am Wärche!»

«Auso, ggùgge mer maau d Fäü dedùùr ù sueche da dri Spuure vo der Persoon.»

«Ja. De Pierre-Alain het ja gsiit: Niemer taaf Angscht haa vor de abschtruuseschte Gedanke», bestäätiget ds Lisi.

D Übersichtslyyschta im Beats Gäüdseckù isch trocheni bblùbe. Si fee dia afa dedùùrdeiche. Meischtens tuet ds Lisi «lut überlege». Asoo siit si dem. De Beat nickt ù notiert, so guet wy de Chùgùschryyber im füechte Chaublistau di Üebig mitmacht.

«Vilicht schiesst daas chli über ds Zyu usi», bilanziert ds Lisi. «As par Pùnkt chenti ùf ander Lütt o zueträffe. Ùf e Pierre-Alain säüber zùm Byschpùü.»

«De tüe mer dää deich o demit konfrontiere.»

A männlichi Gstaut stiit epa 20 Meeter vor ùm Staziöönli bim aute Gaugehouz. Är mues aube daa chùùrz stùù haa ù sich a dem Oort fröje. O we son a Muetergottes-Staatue nid ùnbedingt für iin uufgstöüt choo isch.

Wöllersch Mensche-, Tier- oder Saagegstaute·chliid, won äär i dem Moment graad aahet, isch mù glyych. Ùf daas achtet er säüte. Aber dä Oort hie, dä gfaut mù – o wäg ùm Naame Gaugeblätz. Är bsùnnt sich gäär zrùg a dä gglùnge Gspass mit dene dryyne Mane im Meerze. Wùnderbaar het daas klappet! Asch a ideaala Yyschtyyg gsyy für di Regioon jùscht dedùùrzschùttle.

Näy ali di Aktione für Quatemberchinn, das Spùü mit ùm Tùùrli oder di ùhiimelige Tiereni. Di hii mù wùrklich Frùùd gmacht. Da het er as guets Händli ghääbe. As Schmùnzle isch haut vùù besser aus di jääzoornige, zerstöörerische Reaktione, won er meischtens het, we iim eper aazùntet oder uuslachet.

Ùs Hutätä isch mù vùù Guets i Sinn choo: «Hesch mer häüffe jaage – chasch mer häüffe gnaage!», het er im a Spötter hindernaa bbrüelet ù het mù a Chnoche vor d

Füess gschmiizt. Dasch sy Lieblingssprùch. Ùf dää isch er jùscht stouz.

Genau das Witziga ù Fyyna wetten er leere ù phaute. Schaadefrùùd cha ne no wùchelang fröje. Di macht sys Lääbe erträäglicher, aus di määrterlichi Tùùbi, wo ne mengisch regùrächt aaggùmpet: ùf d Lüt, ùf d Ùmgäbig ù ùf di ganzi Wäüt.

23

D Polizischte hii Pinggùs Töönù mitgnoo. De Staatsaa-
waut wott ne so oder so no befraage. O de Saame, wo de
Husmatter vùraggää het, packe si yy fùr ne la z ùndersue-
che. Im Töönùs legendäär Stouz ù Kampfgiischt isch
bbrochna.

D Kira isch am Namittaag mit ùm Lisi hiimchoo. Si het
nùme flingg as Jogurt ggässe ù isch i ds Bett. Wes moor
nit besser giit, wii si zùm Dokter.

Ds Bärti het ne gsiit, si söli mùglichscht no hüüt ds
Huus uusrùùchere. So bringi si di vùle Spuure vo aute
Giischter ù vom Tüüfù ùmmi usi. Settigs riichi ali zäme
zrùg ùf e Bode. «O obenyy im Äschterich, gälet! Denaa
setti das Tùùrli o nümme verwùnsches syy.» Mit dene
Wort giit o sia.

Ds Lisi feet afa Znacht kane. De Beat tuuft di Briefe,
wo i de lötschte dryy Taage choo sy. Är fröit sich, hinacht
ùmmi amaau i sym Bett chene z schlaaffe.

Da chlopfets a de Hustùùr. D Christine Riedo im a fùr-
roote Wintermantù chùnt zue ne chon as Ggaffi triiche. Si
wöli cho ggùgge, wo mù so stani.

Si hocke a Chùchitùsch. De Beat verzöüt zeersch ùber di
nüüschte Spuure, aber oni i ds Detail z gaa. De Töönù hii-
gi a Pakt mit ùm Tüüfù zueggää ù sygi verhaftet choo. Si-
cher sygi aber no nüüt.

Iiras Ggaffi sygi a Pracht, siit d Bsuecheri de Husfrou.
«Scho nùme fùr daas het es sich gloont, verbyy z choo.»

De Beat verzöüt wytter. Gstoorbe sygi de Hubert am
Biss ù nid ab de Erfrierige. Ù obs de cheni syy, dass sia

mit Pinggùs Töönù ùber ds Spine ggredt hiigi? Mit settigne Theeme cheni de Töönù schùsch gaar nüüt aafaa.

Ja, si fùni spine epis Wùnderbaarsch. Graad fùr so interessierti Chinn wy d Kira. Ù ja, as sygi guet ggange isi z hüete, d Kira sygi ganz a liebi. Ù neei, si chene sich nid erklääre, wysoo si zyt denn fasch nüüt andersch machi aus schlaaffe. Ja, si sygi o froo, dass d Quatembertaage itzde fertig sygi. Ù jaja, ds Chrütter-Bärtli deichi scho chli andersch aus sia, aber mit dem chene si guet lääbe. «C'est la vie», füegt si fyn aa.

Ds Chrütter-Bärti ù de Pappa hiigi beidi de Hubert dùr enas Liechttoor gsee gaa, faart ds Lisi fort. Ù as Tööri sygi o bi de Verzouberig vom Töönù wichtig gsyy. Ob de daas i de Mythologie vùü voorcheemi?

«Jùù ja», feet d Wùsseschaftleri afa referiere. Da isch si im Element. Tùùre marggieri de Dùrchgang vom Tood i ds Lääbe bi de Gebùrt. Aber de o de Übergang vom Lääbe i Tood am Schlùss. Da geebis ganz vùü Metaphere mit Tùùre oder mit Tùùrrääme ù o mit de Tùùrschwöle. As git o a Ryytus, dass mù meermaaus dùr na Tùùrraame müessi dedùùrlùùffe oder sogaar dedùùrschnaagge fùr na Chrankhiit oder as Gebräche looszbechoo. As hiigi sogaar Lüt ggää, wo vom Tùùrraame uus a Schaadezouber gäge ds Huus ù gäge synner Bewooner uusgsproche hiigi. Oder we eper stäärbi, de müesse mù ùf aune Tùùre drüü Chrüzeni ga mache – schùsch teegen es im Huus de stüe. «Klaar, dasch Vouksglùùbe, Aberglùùbe, aber äbe haut glyych.»

Pinggùs Töönùs Lisi ù Husmattersch Beat stuune, wy si daa fryy ali di Detail cha verzöle.

Übrigens: Das *Aber* vom *Aberglùùbe* hiissi «verkehrt». Ùs de Sicht vo de Chùücha, sygi äbe a settiga Gglùùbe ùnvernùnftig ù denäbe. A Feeufoorm, a Abaart vom

Gglùùbe. «Wier i de Wùsseschaft rede eener vo *Vouks-glùùbe* aus vo *Aberglùùbe*», siit d Christine Riedo.

Ù d Forscheri heicht no graad aa, dass wier hütige Lüt üsi Wäüt ging müesam probiere z dütte. Spanendi Episoode verzöle mer ging ùmmi. Dùr di Widerhoolig wandlet sich a Faabla oder a Saag ùf ds Maau zù de Waarhiit. Mit dera chii mer d Ùmwäüt erklääre – aber laa defùùr ki anderi Waarhiit me zue. «Auso, d Fraag vo de Waarhiit isch kompliziert.»

Moou, töönt gschiid. Dass es kompliziert isch, hii emù ds Lisi ù de Beat o scho gmeerkt.

«Ebe, i setti ùmmi», siit d Forscheri.

«Merci fùr au di Uusfüerige. Öjers Wùsse hùüft üüs ging seer.»

D Christine Riedo liit de root Mantù aa. Ùf de Tùùrschwöla treeit si sich no chùùrz ùm ù winkt ne zue.

24

De Korporaau Schaaffer het am speetere Namittaag gsiit, är ggùggi, dass er di Forscheri erreichi. Är het de graad syr Sachbearbiiteri am Hùùptsitz vo de Polizyy aagglüttet. Si söli di Frou Riedo am Aabe i d Husmatt uufbiete.

Di Sachbearbiiteri isch graad nid am Platz gsyy ù de Korporaau het ra ùf d Combox ggredt – asoo wyn ersch scho mengisch gmacht het. Si probiert chùùrz drùf, a de Uni z Frybùrg di Christine Riedo z verwùtsche. Aber i de Kanzlyy vo de Uni kennt mù si niit.

Di Polizyy·beamti erchlùpft nüüt, schliesslich stùdiere epa 10 000 Lüt a de Uni z Frybùrg. Sia säüber kennt ja o nid ali bi de Kantoonspolizyy. Ù vilicht het di Frou das Studium mittlerwyle abgschlosse ù het d ‹Alma Mater› verlaa. Aber o im a andere Büro mit Übersicht ùber d Abschlùss fùne si niemer mit dem Naame.

Oder ds Studium abbroche? Cha ja o syy. Schliesslich gits ja vùù, wo sääge, i ha det ù det gstùdiert. Aber dass si amaau zwùù, drüü Semeschter i Vorlääsige ine ghocket sy, isch ja no kis abgschlosses Studium. Di Beamti chùnt zùm a dritte Büro gschùckt, aber o hie: nüüt.

A moou! Da gits a Christine Riedo, Anthropologie mit Schweerpùnkt regionaali Voukskùnd. Master z Bäärn, ehemaaligi Doktorandi z Frybùrg. Ù di Frou i dem Büro cha der Sachbearbiiteri häüffe, we si siit: «Dasch doch dia gsyy, wo bim Master betroge hiigi ù drùm ùs Doktorandi het müesse gaa. Vor epa am a Jaar isch daas gsyy. I ma mi guet bsùne, wyl iiras Profässer so entüüschta gsyy isch.»

D Sachbearbiiteri lüttet im Poschte z Plaffeie aa, chùùrz na de sùbne. Ù wyl de Schaaffer nit det isch, deicht si, är hiigi awä scho Füraabe. Si schùckt mù as E-Mail mit der

Info. Di einzigi Christine Riedo, won es im Ùmfäüd vo de Uni Frybùrg ggää hiigi, sygi fort. Si hiigi wäge Betruug müesse gaa.

D Kira erwachet chùùrz vor de zäächne. Si füut sich uus-gschlaaffe ù voller Taatedrang. Si wott vo iiras Stùbli im eerschte Stock gäge d Chùchi ay. Det köört si chochigs Wasser plodere.

Aber itz gseet si o as Liecht vom oberschte Stock häär i Gang flackere. Im Äschterich obe isch epis. Iiras chindlich Gwùnder zyet si det wùy, o wen es vo ùnder ùm Dach aha zyet ù suuset ù chrachet. As töönt zùmlich ùhiimelig ù gfùrchig. Aber d Kira het ki Angscht. Si stoosst d Tùùr uuf ù gseet a de anderi Wann as iifachs Tùùrli, wo epis flacke-ret. Dùr ali Ritze ùm das Tööri git es Schyyne ù Blitze. Di läärmige Töön aber, di chää vom Ùwätter voorùsse.

Langsam giit si ùf ds Tùùrli zue für ga yyzggùgge.

Dùne chlopfets a de Hustùùr. Asch as rächts Gglùùf hüt i de Husmatt. D Kira losst, aber köört niemer ga tuuffe. As chlopfet no iinisch chli lùtter ù itz giit di Chlyyni haut säü-ber ay ù a d Tùùr. Dùsse stiit ds Chrütter-Bärti, flätsch-tropfetnasses.

D Kira füert di auti Frou i d Chùchi ù det erchlùpfe bei-di gruusig. De Papi hocket am Tùsch wy föscht·gfroore. Ds Mami stiit vor ùm Potasche ù voorzùy ploderet ds cho-chig Wasser scho lang über di ganzi Kombination überi ù ùf e Chùchibode ay. Beidi Öütere ggùgge gäge d Chùchi-tùùr übera.

D Kira springt zùm Lisi ù ùmschlingt iiras Hùft, aber iiras Mami tuet nüüt deglyyche. As füut sich aa, wy im Früeling mit ùm Gotti im Wachsfiguure·kabinett. D Kira trùckt si ging föschter ù feet mit ema lutte «Mamiiii!» afa päägge.

Ds Chrütter-Bärti stöüt maau ds Potasche ab ù zyet d Pfana ùf d Sytta. Zùm Glùck isch es nùme Wasser. Si ggùgget, dass d Kira am Tùsch zùy ùf ena Stuu hocket ù dass si as uufgglöösts Pùüverli schlùckt. Das teegi beruhige, siit ds Bärti fyn ù stryycht ra as parmaau ùber e Chopf. De Räschte Hiisswasser bruucht si fùr nas Chrütterthee, wo si de Kira o no git. Dia higget no tou, triicht aber a Schlùck zwee ù chùnt de ruhiger. «Wier schaffes zäme, dass es ùmmi guet chùnt», siit d Bertha Pùrro de Chlyyni.

Dia nùmmt no a Schlùck ù verzöüt de vo dem Tööri, wo si im Äschterich obe gsee het. Det won es usagflackeret het.

«Ou, dasch wichtig», chùschelet d Chrütterfrou, «waart, das cha üüs vilicht häüffe.» Si nùmmt vo iiras groosse Rùcksack bitz Choola usa, näy Haarz, Rùna, Lùùb ù Tanenaadle. «We dù yyverstane bùsch, tüe mer itz ds Huus uusrùùchere. De verschwinde di bööse Giischter ùn i cha probiere, dyne Öütere z häüffe.» D Kira het ganz as verpääggets Gsicht ù faart iiras Papi ùber d Hann. Aber si nickt de tapfer.

Ds Bärti zùntet di Choola im Schääli aa ù tuet au di Sache dri. A äärdiga Ggrùch chùnt vo dem Gmùsch, d Kira ggùgget ganz fasziniert. Mit dem schmeckiga Rùùch giit ds Bärti dùr ds Huus, weeit i dä Egge hie ù dä Egge det – bis zoberischt wùy vor ds Tùùrli. Näy stöüt si ds Schääli vor ds Pfeischter usi ù tuet tou lùfte ùn asoo de Ggrùch im Huus nöitralisiere.

«Itz chaschù ga ggùgge», siit di auti Frou de Kira. Dia giit i Äschterich wùy ù schnuur·stracks ùf ds Tùùrli zue. Si zyet am Grùff. Det ine isch aber … nùüt.

Moou, iiras aut Plüschmüüsli, wo si scho lang gsuecht het. Im a erbäärmliche Zuestann, aber ùngfäärlich.

Im Bärti faart as «Oho!» ùs ùm Muu. Si nùmmt das ghùdlet Müüsli ù stryycht mù ùber Chopf ù Rùgg. Itz fragt si d Kira: «Wo het dier d Frou Riedo mit de Windle föscht·ghääbe?»

«Ùnder ùm Tùsch.»

«Mitz drùnder?»

«Neei, as isch det son a Eckbank, wo mù cha drùnderschnaagge. Det bim lengere Tùü.»

«Ggùgg, hanis doch ddeicht!»

25

Dùsse kööre si as Martinshoorn; so iis, wo d Presenz vo Ambulanz, Polizyy oder Fürweer aachùndiget. Ds Blauliecht flackeret dùr ds Pfeischter ù hinderlaat gspengschtischi Schätte im Äschterich. Das Alaarmziiche höört de mitz vor de Hustùùr ù d Kira ù ds Bärti ggùgge sich aa. Sekùnde speeter chlopfets.

Di polizyylichi Entdeckig vo de Sachbearbiiteri hets doch no zùm Pierre-Alain Schaaffer gschafft. Ù wyl weder ds Lisi no de Beat ds Natel abgnoo hii, het er sy wäütsch Koleeg packt ù isch so flingg, wys de Yysch·rään erlùùbt het, gäge d Husmatt zue zyblet. Schliesslich het äär hinacht o köört, dass di Stùdenti im Töönù de Floo mit ùm Spine i ds Oor gsetzt hiigi. Ù zwee Fääde, wo bi de glyychi Persoon zämechäme – dasch iina z vùù fùrs nit wenigschtens ga z prüeffe.

«Chämet flingg», brüelet d Kira de Polizischte. «Ds Mami ù de Papi!»

Nass wy si sy, springe si i d Chùchi ù meerke, dass jùfle nüüt bringt. «Waren Sie das?», fragt de wäütsch Polizischt ds Chrütter-Bärti, wo itz o i d Chùchi chùnt.

«Ier hiits ùber au di Wùche nie uufggää, mier z verdächtige, he?», git dia zrùgg. «Iini, wo chli andersch läbt aus di groossi Massa, so iini bringt ja sicher o Lüt ùm. Oder si verzouberet si. Wy ds Doornröösli.»

Mit groosse Ùùge faart d Kira dezwùsche: «Neei! Si sùù de nit 100 Jaar schlaaffe!»

«Ki Angscht, Kira. Uufhäbe chani a settiga Bann zwaar niit oni Ùnderstùtzig. Aber i probiere itzde de Schaadezouber ùmzcheere ù abzschwäche», siit ds Bärti. «We di Here mier laa.»

De Korporaau Schaaffer beschwichtiget, dass niemer sia verdächtigi. Är bittet aber, dass itz graad niemer epis aarüeri. Sy Koleeg teegi Spuure sichere. Dewyle verzöüt er, dass es a de Uni ki Christine Riedo mee geebi. A Frou mit dem Naame sygi epa vor ma Jaar wäge Bschyysse usigschosse choo.

«Chomm, suech itz, Jean! Wier wetti au mügliche ù ùnmügliche Spuure – o vo de Frou Riedo», hajet ne de Korporaau.

Si fùne flingg epis, wo interessant uusgseet, a schittera Zedù vor ùm Beat ùf ùm Tùsch. De Pierre-Alain kennt di Übersicht, är het säüber a Kopyy devaa. Aber im leere Rumm ùne rächts het eper früsch mit ema Chùgùschryyber, wo nùme beschränkt ggangen isch, as par Stichwörter uufglyyschtet. Pùnkt für Pùnkt isch zwaar ùmmi dedùürgstriche, aber gits glyych a Hiiwyys?

As par Pùnkt chann er flingg lääse, bi anderne mues er sogaar fyn mit Blyystüft drùbermaale für im Liechtkontrascht z erkene, was es sou hiisse. «Kiras Schlaf; Spinnen gibt Käsemaden; Tagesanfang Mitternacht; Toggeli, Touggli, Tuntela verwechselt; falsche Spur mit Farnsamen; verstärkt unsere Schritte (komisch); Einfluss Wetter», het er itz i sys Blöckli übertraage. De Polizyy·korporaau verstiit lang nid auz, aber dass es ùf d Frou Riedo hiiwyyst, tüecht ne zùmlich iidütig.

Dewyle het de Jean Barras di ganzi Chùchi wytter dùrforschtet. Itz pfüüft er dùr syni Zannlùcka. Ùf ùm Frygoor obe, versteckt zwùschet de Chochbüecher, fùndt er as Uufnaameggräät, wo ùf e Chùchitùsch ggrichtet isch. As isch as chlyys Mikrofon mit Akkù ù yypuutùm Sender. Das chùnt auso vom a anderen Oort häär gstüüret. Vilicht vo hie im Huus – vilicht aber o über Satellit oder Bluetooth vo irgendwo ùf der Wäüt.

Det drùf Fingerabdrùck z sichere, tüecht de Polizischt Barras vùüversprächend. So epis cha mù nit so iifach mit Hendsche inschtaliere.

26

As isch kis Winke gsyy hinacht ùf de Tùùrschwöla. Si het mit de rächti Hann ùs ùm lingge Eermù as Wyde·eschtli vùrazoge ù dene uufsäässige Chiibe i der Chùchi a chräftiga Bannzouber gschùckt. «Nootweer» nennt sich daas i de Spraach vo de Jùrischte. Nootweer giit ging.

D Voukskùndleri ù Saageforscheri sitzt am Waudrand nùme as par hùndert Meeter obet de Husmatt. Auz tropfet vor Nessi. Si wiiss, dass si ab sofort no besser mues uufpasse. Drùm chente si sich o chläpfe, dass si sich nach ùm Verzoubere kis Minüteli Zyt gnoo het, fùr ds Uufnaameggräät wägzruume. Di entscheidende Gsprääch hii i de lötschte Taage sowysoo nùmme det i der Chùchi stattgfùne.

Bim Chalet im Seeschlùnn het sis ja zeersch mit ùm Chätzlitrick gschafft i ds Huus yyzchoo. Aber we si de det i de Chùchi yygschlossni gsyy isch, het si de näächscht Trick bbruucht fùr ùmmi usi. Yy, das gsäänet Wasser het di ganzi Nacht bbrone.

Ù wo si geschter det as Mikrofon het wöle inschtaliere ù ùm d Hùtta ùm gschlichen isch, isch si verwùtscht choo ù hets nit gschafft. Zùm Glùck het si de Reflex ghääbe, ds Hüete aazbiete. I der Hüetizyt het si ganz gäbig di diräkti Gfaar chene uusschaute. Si hoffet ifach, dass di Chlyyni lang gnue i de Windle ùnder dem Stùbebänkli gglääegen isch, fùr asoo d Hellsichtigkiit z verliere. Si wiis ja, dass dä Trick iigentlich fùr Bebeelini isch, aber wär wiiss. Sùbni isch ja no kis Auter. Nùme isch es haut tou chùùrz gsyy. Drùm het si mit Schlaafmittù im Sirup naaghouffe.

Der Ankehäx vo de Bäärge isch si tipptopp ùs ùm Wääg ggange. Ùf daas het si mùesse achte. We ds Chrùtter-Bärti iira tüüf i d Ùùge ggùgget hetti, hetti dia chene meerke, dass sia de tüüflisch Bann vermittlet het.

Ù itz hinacht. Zeersch het si gmint, mit tou Chrydafräs-se – wy de Wouf bi de sùbe Giisslini –, mit französische Platitüüde – «c'est la vie» hii d Tütschschwyzer gäär – ù mit Süesshouz raschple hiige si dene Plaggiischter de Wind ùs de Segle chene nää. Aber bim Usigaa het si ùf de Tùùrschwöla son a määrterlichi Tùùbi ùn a Jääzoorn ùf di uufsäässige Kamùffe aaggùmpet. Si het graad nümme an-dersch chene.

Aber itz chùnts engg, das gspùrt si. Si zyet de Mantù obe bim Haus zäme. I wöli Richtig teete si itz no a Ver-dacht ùmlenke, we eper iira epis wetti aaheiche? Ùmmi ùf Pinggùs Töönù? Oder sou si sich asoo mit Waffe verteidi-ge, dass es gaar kis Gsprääch mee git? Oder uuswandere, mit iiras Bebe im Buuch?

Ds Chrütter-Bärti ggùgget ùf ds Zyt: «Wier müesse itz no profitiere, we no a Stùnn lang Froufaschte isch», siit si i d Rùndi. «Itz chente mer no mit de Toote komuniziere, itz chenteni im Lisi ù im Beat no häùffe ù vor alùm: itz chii d Kira ùn ii no usifùne, wo di Verdächtigi isch.»

De Pierre-Alain Schaaffer ggùgget o ùf ds Zyt ù chrat-zet sich am Hinderchopf. Füüf ab öüfi. Vougaas oder hie abbräche? Är muess nit lang ùberlege ù lüttet de Yysatz-zentraala aa fùr Versteerchig ù Polizyyhùne z bringe. De-wyle fragt er d Bertha: «Auso, wo isch si?»

As bestäätiget sich aber, dass sia i dem Fau kinner Spuu-re cha waarnää. I di Richtig isch iiras dritt Ùùg blùnns. Wy wen as Wännli bbuut choo wee, wo si nit dehinder cha gsee. Aber d Kira isch itz ùmmi wach ù cha häùffe. Si konzentriert sich ù verspraachlichet di Bùùder, wo si gseet: «D Frou Riedo? Di isch da obe im Saageriin am Waudrand.»

«Sagenrain? Da hätten wir nach dem ‹Sagenloch› auch draufkommen können», siit de zweit Polizischt.

«Ja, sprächendi Fluurnääme sy im Böösewicht offebaar wichtig», ùnderstryycht de Schaaffer ù siit i sys Telefon: «Sagenrain, westlicher Waldrand. Wir sind auch gleich dort.»

«Mier chiit er det nit bruuche», stöüt ds Chrütter-Bärti föscht. Si schleegi voor, dass sia hie probieri di zwùù Verzouberete zrùggzriiche.

«De chùnt di Chlyyni mit üüs – faus mer det eper gäge Saage·gstaute bruuche», siit de Korporaau.

«Mm», schmolet d Kira, «i wetti hie bi Mami ù Papi blyybe.»

«I gglùùbe, as hùùfti we dù mitgeengisch», siit ds Bärti. «Wiisch, dù chasch de Polizischte guet häüffe – ùn i bruuche daa äbe sowysoo vùù Platz.»

D Kira schlùckt zwùùre leer, schnuufet tùùf dedùùr ù siit: «Ebe bis näy, Mami. Wiisch, i muess flingg ga häüffe.»

Scho ggùmpe di zwee Polizischte usi ù laa d Kira im wyss·orangsche Outo bim Rùcksitz la yystyge. Aagùùrte, ds Blauliecht aa ù ab!

27

D Voukskùndleri Riedo hocket wytter am Waudrand, nassi, blockierti. Was isch fautsch ggangen i iiras Lääbe?

Di Doktoraats·stöü a de Uni z Frybùrg het zeersch tipptopp usgsee. Denaa het si söle a Stöü a de Nationaau·bibliothek ùs Saagespezialischti übernää. D Dokteraarbiit mit ùm Titù «Die Wilde Jagd und der Sensler Hutätä als regionale Ausprägung» isch fùr daas de Schlùssù gsyy. D Schangs vo iiras Lääbe.

Nùme tùmm, dass si ds Höi nid ùf de glyychi Bùni wy de Frybùùrger Profässer ghääbe het. Wäge jedùm Schyysdräck hets Gstùùrm ggää mit dem verstockete Grodli. Ù we de no Aaschùudigùnge vo de Uni Bäärn choo sy, bi iiras Masteraarbiit sygi a Tùü vo de Aagaabe nit verifizierbaar ù ggwùssi Daate manipuliert, da het er si la kye wyn a hiissi Häppera. De renomiert Profässer het auz dragsetzt, dass sia a de Uni z Frybùrg nümme het chene wyttermache.

Zùm Glùck het si as par Maanet devoor am a Kolloquium z Wien a Profässer vo Ostrava leere kene. Dä chlyy Mändù isch iira zwaar nùme bis zùm Haus choo, isch aber ganz a interessanta Saageforscher gsyy. Dä tschechisch Profässer het ra sys Handynùmmerù ggää, we si maau Hùùf setti bruuche.

Dem Forscher het si aagglüttet ù ne de z Bäärn troffe. Ds Zyu isch gsyy, flingg überraschends, aber ùnverfänglichs Materiaau fùr iiras Dokteraarbiit z bechoo. Si het doch scho baud müesse abgää ù d Zyt isch ra devaa gglùffe. Ù soo wys töönt het, het äär epa di glyyche Theorye ù Aasichte vo wùsseschaftlichùm Schaffe wy sia. Zäme chente sis dene Lengwyller z Frybùrg ziige.

De Profässer z Ostrava het versproche, chräftig z häüffe. Scho i 13 Taage wääri sia a fertigi Dokteraarbiit chene yyreiche. «Defüür», het er gscharmiert, chenten er de vilicht o maau vo iiras ryysigi Sachkompetenz profitiere. Är hiigi graad as regionaaus Projäkt i de Schwiz. Ù ùs chlyyna Ùsländer, wo nùme schlächt tütsch ù scho gaar nit schwizertütsch redi, bruuchen er vilicht eper ùs Kontakt.

Di gägesyttigi Zuesaag hii si chräftig mit Champagner gfieret ù sy de zäme im Ggutschi gglandet.

Scho vor ùm Moorgegraaue het niemer mee d Christine Riedo chene bremse. Si isch a Laptop ggùmpet, as het gsprudlet wy wùüd. D Fingerspitze sy über d Taschtatuur tanzet ù hii ghacket, was dùr e Chopf gschossen isch. Si het dä Schrybflùss o nit zùm Ässe oder für ùf ds Hüüsli chene ùnderbräche. Zù alùm het si de Laptop mitgnoo ù wytter ù wytter ù wytter gschrùbe. Ging mee inhautlich fyn abstùmmti Sätz sy i das Dokument yygflosse. De Rhythmus het gstùme. Überschaffe isch nümme nöötig gsyy.

13 Taage na dem Träffe z Bäärn isch auz fixfertig gsyy. Si het mit ema Straale d Aarbiit a de Uni Basù yygreicht. Det het si de zueständig Profässer kennt ù gschetzt. I parne Wùche gits de no d Theeseverteidigùng ù ab giits zù iiras Saage ù Määrlini i d Nationaau·bibliothek. Perfekt!

Endi Abrele aber, chùùrz vor de Theeseverteidigùng, chùnt de aagchùndiget Uuftraag vo Tschechie. Chùùrz na ra zweiti Liebesnacht schùckt de Profässer sia i d Husmatt im Seise-Mittùlann. Det het a Frou di ùnheilige Wort uusgsproche: «We üüs doch endlich eper chenti häüffe!»

De Voukskùndleri het daas gfale. Da bruuche Lüt iiras Hùüf ù näme iiras Vorschlääg äärnscht. Ds Zwùschemenschlicha passt ra hie; dasch iiras Hiimat. Aber dä Yyflùschterer buut de ging mee Drùck uuf. Är wott, dass sia d Gsprääch i de Husmatt ablosst ù ùf Stichwort reagiert. Si sou defùùr soorge, dass das Paar de rùmpùsùrig Vatter verdächtigi. Ù d Husiereri vo de Bäärge – vo dera het er ging ùmmi ggredt. Di het er offebaar verzouberet.

O über di jùngi Forscheri het de Profässer meerere Persoone Angscht gmacht – ùs wyyssi Frou ù ùs chopfloosi Drüüfautigkiit – oder Lüt aaggrùffe. Si isch sich mengisch wy fäärngstüüreti voorchoo. Da het es zwùù drüü Maau blùnzlet. Ù we si ùmmi zù sich choo isch, isch si irgendwoo gsyy.

Aber jùscht schlùmm isch es eersch choo, we de Bschiid vo Basù yytroffen isch. De Basler Profässer ù syni Guetachteri leeni d Dokteraarbiit ab, hets ghiisse. D Begrùndig: Z weenig Quäle. Ù wes re hiigi, de sy si okkult. D Doktorandi sygi z nooch bi übersinnliche Theeme ù cheni ùnmùglich erklääre, waas i der Aarbiit stani.

Offebaar het di Voukskùnde-Kapazitäät a de Uni z Frybùrg gwautiga Drùck rùnd ùm sia ùm uufpuut. Da hii di Basler sich uusgmaale, dass sii ùf ùm Abstöügleis chenti lande, we si di Aarbiit aaneemi. Mit dem Entscheid isch de vor alùm d Frou Riedo ùf ùm Abstöügleis gglandet: mit aune im Gstùùrm.

Vom tschechische Profässer het si lang nümme köört. Si het de gmeerkt, dass si vo iim schwanger isch, aber het mù nüüt devaa gsiit. Näy het si sich bi iim beschweert, dass äär ging no diabolischi Macht über sia uusüebi. Das sygi gäge d Abmachig. Schliesslich sygi syni Hùùf fùr sia wärtloos, we si ki Doktertitù übercheemi. Aber är het de dedùùrgsetzt, dass sia bis zùm Endi vo de Quatembertaage im Dezember im Yysatz müessi blyybe. Eersch denn cheeme si fryy vo iim. Das isch i genau drüü maau 13 Minutte ù si fröit sich scho.

28

Dùsse stùùrmt ù wüetet es ging wùùder. Asch fiischter, fasch wy in era Chue ine. Das isch a lutti Nacht, wo o oni Kampf gägen a Böösewicht chum eper wùùrdi vergässe. Ds Chrütter-Bärti cha sich bi dem ganze Läärm fasch nit konzentriere. Si tuuft ds Chùchipfeischter ù brüelet usi: «So höör epa de, dù Brüeli!»

Chum as Sekùndeli denaa flùgt a Chnoche dùr ds Pfeischter yha, nùmen as par Santimeeter a iiras Chopf verbyy. Dezue töönt es lut dùr d Lùft obenaha: «Hesch mer häüffe jaage – chasch mer häüffe gnaage!» Ùn as schuderhafts Lache, as Grinse, as Gglùggse, as Grööle chùnt ging lütter ù lütter ù cha fasch nümme hööre.

Tùù hetti vilicht gsiit, das sygi Ggrüüsch vom fùrchterliche Ùwätter. Aber ds Chrütter-Bärti het er nit chene tüüsche. Si het ggwùsst, dass es de Tüüfù isch, wo ùmmi maau bitz Hutätä spùùt, sys Hobby.

Ds Bärti tuet ds Pfeischter zue ù macht iiras Wärch wytter. Si chöcherlet Chrütter zùm a Suud ù mùùrmelt debyy allerlei Väärslini. Ù dewyle, wo si daa am Rüeren isch, chùnt ra a Idee: Dä Chnoche vom Hutätä – dä chente si mitchoche!

Uursprùnglich hetti sia de Schaadezouber wöle ùmwandle, dass di zwùù Verhäxte denaa achli hyperaktiv gsyy wee. Das bringt de Gägezouber vom Stùù·stann haut so mit sich. Ds Bärti isch devaa uusggange, dass di zwùù awä mit dem besser chenti lääbe aus ùs Wachsfiguure.

Aber itz isch ja daas ganz andersch! Si chenti das Hùüfsmittù bruuche fùr di zwùù no besser z normalisiere. Wes klappet, isch de einzig Naachtùù, dass si kùnftig i de Quatembernächt vom Hutätä oder vo dem feeu·ggliitete

Pfaarer trùùme. Aber zmindescht vom Beat wiiss si, dass er daas scho itz muess. Di chlyyni Yyschränkig isch hoffentlich weniger schlùmm aus ds Hyperaktiva. Aber fraage cha si leider niit.

Di Entscheidig fùut sich guet aa. Si cha dehinder staa ù steckt de Chnoche i di groossi Pfana. Ù zwoo Tinktuure, wo si lötscht Winter säuber häärgstöüt het, het si itz o scho kanet. Di einti sou de im Lisi Chraft zrùgg·gää, di anderi im Beat.

Das setti gäbig länge vor Mitternacht. Si isch zueversichtlich.

A Blitz schiesst dùr di yyschigi Räännacht. Aber nid epa vom Hùmù obe gäge Saageriin, wy mùs hetti chene erwaarte. Neei ùmgekeert, vom Waudrand am Saageriin gäge wùy! Ù zoberischt am Hùmù verchlöpft dä Blitz de wyn a Eerschtag-Ùùgschte-Rakeeta.

Dùr di chùùrzzytigi Erlüüchtig sy drüü Polizyy·outo sichtbaar, ali epa 50 Meeter ùsenann. As vierts, gröösersch isch no ùnderwägs; daas mit de Hùne.

«De Fasù het nit nùme Biss·spuure am Haus ghääbe», brüelet de Korporaau Schaaffer dùr sys Megafon gäge Waudrand, «sondern o a yytrùckta Brùschtchaschte. Hiit er bi iim ds Toggeli naagmacht?»

A hassiga Päägg chùnt vom Waudrand zrùgg. As fùnket ù schiesst ùs aune Roor gäge d Polizischte. Di müesse sich mit Schùùder vor dem Rakeetehagù schùtze. As chlöpft ù prasslet ùf d Schùùder ù d Outotecher.

D Kira isch zùm Glùck im Outo bblùbe. D Polizischte hii ra a Fäüdstächer ggää fùr z ggùgge, ob ra epis uuffali. Ù taatsächlich chlopfet si de a ds Outopfeischter, fùr ira Polizischti z sääge, si hiigi gsee, wy ùnder ùm roote Mantù vo der Frou det a Rossfuess vùraggùgget hiigi. Ggùgg itz!

«Öji Vorliebi für sprächendi Nääme ù Saage het nùch verraate», brüelet de Polizischt anni. «Toggeli, Höli, Schlùnn ù itz Saageriin!»

Am Waudrand obe passiert nüüt. Näb ùm Korporaau Schaaffer kane zwoo Polizischtine iines vier Hùne. «Ergäbet nùch, schùsch laa mer d Hùne la choo!», köört mù itz dùr ds Megafon. D Hùne brüele lut, wy we si dem Satz Nachdrùck wetti gää.

Nüüt passiert. Di Hùne sùù itz häüffe, di Frou i d Enggi z tryybe ù z verhafte. D Hùne brüele, zye a de Leine ù marggiere a Steerchi, wo jedùm Gägenùber weichi Chnöi macht. «Ebe, loos itz!»

De Hùmù verfiischteret sich no as par Nuance mee ù näy feet as Suuse ù Huule ù Sawatte aan, a ryysigi Rään-wùucha bringt a Läärm ùn a Energyy, dass mù ds Gfüu het, aune anderen Oorte ùf der Wäüt hiigi mù de Stecker zoge, für de ganz Stroom hie yyzsetze.

A groossi, schwangeri Frou am Waudrand vom Saageriin bricht zäme wy toot. Di monschtröösi Wùucha zyet tùùf drùber. Det zyet eper vo dem giischteräänliche Gfäärt di Gstaut vom Waudrand drùfwùy i d Wùucha. De lut ù grüselig Läärm vo Stùùrm ù Tiereni ù Gspengschter ù Giisle zyet itz vom Waudrand gäge Noorde. Voor drùf hocket a chlyyni brannschwarzi Gstaut ù stüüret dä mächtig Chare, wo langsam a lenga roota Schweif überchùnt.

D Polizyyhùne joule wy aaggrùffe ù verletzt. Si seckle mit yyzoggne Schwänz im Kreis ùma, bevor si de zù iines Chaschtewaage zrùgg·schlyyche ù sich drùnder verstecke.

29

O vo de Husmatt uus gsee ds Chrütter-Bärti, ds Lisi ù de Beat di fiischteri Hutätä-Wùucha drùberzye. De Hùmù presentiert sich ùmmi glyych wy im Beat syne Auptrùùm. Är zùckt flingg sys Natel ù macht as Fùùmli. As tüecht ne glyych wy ds Video, won er lötscht Nacht bi de Feyerssaaga gmacht het. Ùnglùùblich: Asch awä ds glyych dämoonisch Faarzüüg vom Hutätä. Nùme gseet de Beat statt ema Pfaarer mit sym Ggweer itz a Tüüfù mit sym Bebee.

Di zwee Polizischte ù d Kira träffe i de Chùchi vo de Husmatt yy. «Kira!», brüelet ds Lisi ù streckt ra d Aarme aggäge. «Mami!», brüelet dia zrùg ù ggùmpet ra i d Aarme. De Beat ùmaarmt graad beidi glyychzytig ù asoo blyybe di drüü staa. Aune zäme schiesse Trääne i d Ùùge. D Aaspanig ù de Chlùpf vo de lötschte Taage sy massiv gsyy. Gschlaaffe hii si nit so vùù – ùssert d Kira – ù itz sy si ifach froo, anann z haa.

Si hiis gschafft. De Grosspappa het zwaar de eint oder ander Feeler gmacht, wen er sich mit ùm Tüüfù yygglaa het, aber tschùud am Tood vo anderne Lüt isch er niit.

«Das chùnt scho guet», lachet Pinggùs Töönùs Lisi ù scheicht Prosecco yy. D Kira bechùnt as Sirup – iis wo ds Mami wiiss, was drin isch. Ù ds Bärti wott lieber iiras dùnn Ggaffi mit Pùschelibiireschnaps. Si siit im Lisi: «As git ùf der Wäüt vùù Graautöön ù allerlei Faarbe. Zùm Glùck. Da gits nid ifach nùme guet ù schlächt.» Ds Lisi deicht a iiras Vatter. Dä tuuret si extreem. Ù irgendwie tüecht si o d Frou Riedo a aarmi.

Di jùnge Husmatter sy ganz koomisch drùf. Si chii zwaar im Chrütter-Bärti nit gnue danke für e Gägezouber.

Aber as füut sich chli aa, wyn a Auptrùùm, wo si mitzdrin erwachet sy. We mù d Uuflöösig nid erläbt, blybt mù aagspannt. «Fasch chli truurig», siit de Beat.

«Ier syd äbe so überraagend gsyy, dass di Bööse ööch ùnfeer hii müesse faule», siit de Pierre-Alain. «Wy früer de Maradona.»

Ds Lisi ù de Beat lache wäg ùm Verglyych. Si laa sich la verzöle, was i der Zyt ggangen isch. De Beat cha epis fasch nit gglùùbe: «Wie? Dä Tätsch het üüs maanetelang i de iigeti Chùchi uusghoorchet?»

«Ggùgg, Beat! Ging we mer hie epis aatöönt hii, het sia ds Theema näy uufgnoo. Itz wùsse mer wysoo.»

«Ù ging, we mer epis gäge Tüüfù oder gäge Hutätä oder gäge sia gsiit hii, hets dùsse fùrchtbaar afa ggwittere!»

Ds Chrütter-Bärti het si no vor de Hyperaktivitäät nam Zouber chene bewaare. Glyych füele di zwùù a wäuts Energyy. Schlaaffe chùnt i der Nacht awä schwirig. «We mier doch eper …», feet ds Lisi aa ù hetti de Satz wöle fertig mache mit «… as Schlaafmitteli hetti». Aber si isch mitz im Satz blockierti.

Neei, das taaf si nümme sääge. Das het si scho maau gsiit; denn, wo sii ùf d Expertyyse vom Bärti ghoffet hii ù dia nit vùrachoo isch. Ù graad nam Sprùch isch de d Forscheri Riedo uuftoucht – im Gsee aan vom Tüüfù gschùckt.

«Isch ds Tùùrli im Äschterich obe leersch gsyy?», stöut de Beat wytter Fraage.

«Neei, mys aut Plüschmüüsli isch dri gsyy», siit d Kira. «Ganz gstrublets ù liids!»

«Bechùsch de as nüüs. Wyl dù üüs so vùù ghouffe hesch», siit ds Lisi.

«Iis fùr 50 000 Stùtz», schmùnzlet de Beat.

«Ds Plüschtier isch wichtig gsyy», wiiss d Husiereri. Si hiigi di positivi Energyy zwüsche Kira ù Müüsli gspürt ù hiigi dem de d Chraft ggää für das Huus vor ùm Böösewicht z schütze. «Ùf daas ay het de Tüüfù oder di Forscheri sich am Müüsli uustoobet.»

«Ù wysoo sy mer dera nit scho lang ùf d Schlichi choo?», fragt de Beat.

«Si het ging Kontakt mit ööch ù anderne Lüt gsuecht ù isch de eersch chùùrzspitz usi ù an a Taatoort gfloge», feet ds Bärti aa. «Asoo het si an Aart as Alibi ghääbe. Nit prezyys, aber glyych soo, dass niemer Verdacht gschöpft het.»

«Si isch a exzelenti Schouspiileri gsyy», isch im Korporaau Schaaffer uufgfale.

«Ù si het auz ggwüsst, het sich extreem guet informiert», siit ds Bärti wytter.

«Wier hii ra sogaar SMS gschückt, dass si guet ùnderrichtet gsyy isch», schüttlet de Beat de Chopf.

O ds Lisi chas nit verstaa: «We mer daas mit ùm Verirrchrutt usigfùne hii, isch sia choo mit Faarn ù Faarnsaame. Aber de Fridù ù de Mynù hii ja vom fiischtere Mannli mit ùm stächende Blick verzöüt. Auso null Koma nüüt Verirrchrutt ù Faarn! Si hets gschafft, dass mer wäge iira maanetelang i di fautschi Richtig gsuecht hii.»

«Ù näy chùnt si ù laat Lüt la verschwinde, ggùmpet anderne ùf e Pùggù oder byysst si z Tood. De Tüüfù het über sia a grüseligi Macht uusgspüüt.»

Di drùmùm nicke betroffe.

«Und was hat diese Frau denn verraten?», fragt de Polizischt Jean Barras.

«Si isch debyy gsyy bi de Kiras Schlaaf·chrankhiit», wiiss de Beat.

«Ja, ù dass es Cheesmadlini git, wen as Quatemberchinn Gaarn tuet spine, das isch o a Schööna gsyy. Nùme dass si di Idee über e Pappa yybbraacht het, das han i nit chene gglùùbe.»

«Gratuliere, Lisi!», siit de Beat. «Settigs isch vor alùm dier uufgfale, gau.»

«Mengisch machts klick ù ma wiiss: as passt!», siit d Püüri ù schmùnzlet. Ali lache ù lùpfe ds Glaas ùf ds Lisi ù di gglùngeni Bilanz. D Stùmig chenti nit besser syy.

De Pierre-Alain topplet naa: «Wier Saageliebhaaber wùsse ja schon lang: Oni gstraafti Verlierer oder straalendi Ggwinner sys kinner jùschti Saage, gau.»

«Aber ganz wichtig sy o Pinggùs Tööngùs Frùnde gsyy», siit ds Chrütter-Bärti. «Hetti dii ne am Donschtig nit bbremset, wee dää dem Hirsch ging wytter naagglùffe. I gglùùbe, dä wee de – wy de Pfaarer i de auti Saag oder wy d Frou Riedo – gstoorbe ù i de Ggwitterwùuche am Hùmù obe gglandet.»

«Ja, dasch knapp ggange», bestäätiget ds Lisi. Si schlotteri ging no, we si dradeichi.

«Nùme isch äbe o de Hubert Fasù kis Quatember-Glùcks·chinn gsyy», ergänzt ds Chrütter-Bärti. De Tüüfù hiigi awä scho mit Bluet ggrächnet ghääbe ù de eerscht-böschta mitgnoo.

«Oder haut doch no a zweiti Straaf für di Sach denn bim Muetergottes-Staziöönli», muetmaasset de Pierre-Alain.

30

«So Kira, ùnderi mit dier», siit ds Lisi. «Bruuchschù no as Guetnachtgschùchtli?»

«Nùme no ‹Ali mini Enteli› singe. I ha graad gnue vo Gschùchtlini.»

De Beat laat sich di gueti Stùmig nit la nää: «Z Wienachte spende mer 10 000 Stùtz vom Getti Stöffù fùr Mässe fùr di Aarme Seele. Nit dass mer nächscht Jaar ùmmi das Gglùùf hii. As git as nüüs Plüschtierli fùr d Kira, ù mit ùm Räschte tüe mer as Büechli mit nüe Saage ùs de Regioon usigää.»

«Fragg doch bi de Polizyy fùr im Töönùs Tüüfùssaame. Dä chenti üüs häùffe, dass das Büeçhli fertig isch, bevor mer ùberhoupt aagfange hii.»

«Maau zfrùde syy, gau», lachet de Pierre-Alain.

«No ds grösser Happyend wee ja itz, we de Töönù aalùtteti ù maau myni Aarbiit rüemti», chùnt im Beat i Sinn.

«Da chaschù no lang waarte», stùpft ne ds Lisi. Ali lache.

De Beat ù ds Lisi hii itz doch di zfrùdeni Wööli – wy aube, we si as Sudoku oder as Chrüzwort·räätsù gschafft hii.

«Epa hoffentlich no mee aus daas!», fùegt ds Bärti aa. «Auso mindeschtens wyn a Kontermatsch bim Jasse.»

«Emù: Dasch guet choo, gau», siit de Beat ù exnet de Räschte Prosecco. «Itz bùn ii Tùù vo ra Saag. Iigentlich hani hüt my Lääbes·trùùm erfùùt!»

Ds Stùbezyt feet Mitternacht afa schlaa.

«Ebe, das wees gsyy mit de Quatembertaage i dem Jaar», siit ds Chrütter-Bärti ù güügelet bitz Schwägla mit Chùscht.

As het no nit fertig gschlaage, da feet ds Telefon i de Chùchi vo de Husmatt afa lütte. «Ou, sy mer ächt z lut?», fragt ds Lisi.

De Beat nùmmt ab, losst as Momentli, grüüft sich a Chopf ù siit: «Neei, asch doch epa nit waar!»

Nachwort zum Sensler Krimi von Christian Schmutz

Liebe Leserin, lieber Leser

Hat Ihnen der Sensler Krimi um Mynù, Fridù, Hubertla und Töönù gefallen? Mir hat er. Was die gestandenen Herren Mülhauser, Stritt und Fasel erlebt haben, nachdem sie endlich mit dem Hausmatt-Bauern Frieden geschlossen haben, ist beste Unterhaltung rund um die Sensler Sagen, die vor allem den «älteren Semestern» unter Ihnen (mich eingeschlossen) vertraut sind. Dass es am Ende *«scho guet choo isch»*, daran liess unser bekannter Sensler Autor Christian Schmutz mit seiner originellen Sprache, die einen oft schmunzeln oder gar laut auflachen lässt, eigentlich von allem Anfang an keine Zweifel.

Und haben Sie sich schon das Hörbuch zu Gemüte geführt? Was für ein Genuss, Christian Schmutz in seinem schönsten Seislertütsch zuzuhören! Auch Nicht-Sensler*innen können dem vergnüglichen Krimi problemlos folgen.

Als Präsident von Kultur Natur Deutschfreiburg KUND freut es mich, dass dieser kurzweilige Krimi als Band 85 der Deutschfreiburger Beiträge zur Heimatkunde herauskommt. KUND setzt mit dieser Publikation sein Engagement für ein lebenswertes Deutschfreiburg fort. Kultur und Sprache sind für unsere Deutschfreiburger Identität ebenso zentral wie unsere abwechslungsreiche Landschaft und unser bauliches Erbe. Mit seinen Publikationen und Veranstaltungen setzt KUND sich dafür ein, Freiburg und seine Vielfalt in breiten Kreisen bekannt zu machen, die Menschen für die Anliegen Deutschfreiburgs und die Eigenheiten der Deutschfreiburger zu sensibilisieren und besondere Verdienste von Personen oder Organisationen zugunsten der Region auszuzeichnen.

Dass es auch in einem Krimi nicht verboten ist, etwas fürs Leben zu lernen, soll der folgende kleine Passus aus dem Buch illustrieren: *«D Frùdensschnäpslini hii ggwùrkt. Si hii a dem Aabe nid iinisch gstùùrmt ghääbe. Eerlich gsiit, hii si o scho gaar nümme ggwùsst, wysoo ass si i de lötschte Jaar Chrieg ghääbe hii. Dasch scho soo lang verchachlet gsyy ù itz – auz kis Probleem mee. Gsùnhiit, gau.»* Es versteht sich von selbst, dass *«as Gglesli»* nur einer von mehreren denkbaren Wegen zur Lösung von Problemen irgendwelcher Art und Tragweite ist.

Ich wünsche Ihnen eine entspannte (Re-)Lektüre bzw. ein vergnügliches (Wieder-)Hören.

Franz-Sepp Stulz
Präsident Kultur Natur Deutschfreiburg KUND

Glossar

Zum Nachschlagen während der Lektüre: Erklärung einiger regionaler oder katholischer Fachwörter.

Amt: sonntägliche Hauptmesse
Chrache, Höli, Schlùnn, Toggeliloch, Tùntela: Diese und andere Flurnamen existieren, andere wurden passend gemacht.
Pùschelibiira: regionale Birnensorte mit AOP-Label
Quatembertaage: (auch Fronfaschte- oder gelegentlich Froufaschtetaage): Busstage jeweils am Mittwoch, Freitag und Samstag nach Aschermittwoch, Pfingsten, Kreuzerhöhung (14.9.) und nach der Heiligen Luzia (13.12.).
Santifaschtùs; Mùrett: Sensler Gemeinde St. Silvester; Le Mouret, welsche Nachbargemeinde
Staziöönli: Betstation für Marienprozessionen
stüe (aussterbend): geistern. Zum Teil wurden früher in Schweizer Dialekten *spucken* und *spuken* als gleiche Wörter empfunden. Da man für spucken in der Schweiz *spüwe/spöie/speie* sagte, wurde dies auch für *spuken* gebraucht. Vielleicht geschah dies anfangs zum Spass: Ein Geist wurde in einer Berner Geschichte *Sämi Spöu* genannt. Im Sensebezirk, Jaun und Guggisberg wurde älteres *spüwen* dann noch zu *stüwen* verwandelt. Kurzes *stüe* ist eine lautgesetzliche Verkürzung im Senseland (wie *bue* aus *buuwe* und *schnye* aus *schnyye).*
versee: vor dem Tod mit Sakramenten versehen

175

Spezielle Mundartwörter

aachafle: (unflätig, unerlaubt) berühren
Aaggleger (veraltet): die Kleidung
awä: allweg, wohl; wohl nicht (mit Gegensinn)
Byssguyy: Biskuit, Keks
chläbere: klettern
Chräbù: Kratzer
Faari, Faareni: Erlebnis, Abenteuer
Färich: Pferch, eingezäunte Weide
fecke: herausfordern, testen
fryggle: etwas Kleines essen, geniessen
Ggaagger: Rabe, Krähe; schwarze Gestalt
gginggele: spielen (v. a. kleine Kinder)
Ggùferumm: Kofferraum (kurz aus *Ggùfere·rumm*)
Ggùschti: 1- bis 2-jähriges Rind
Ggüüs: hoher Schrei
gi/ging: immer
Gùmi: Handelreisender, Hausierer (frz. *commis voyager*)
Gùtz (Chùscht): Spritzer, wenig Flüssigkeit, hier verhüllend für Schnaps
haje: hetzen, antreiben
Hasefryggù: spezielle Speise; Hasenpfeffer
iimse, iiras; iines: ihm seins, ihres (Sg.); ihres (Pl.)
Konsyne: Weisungen, Ratschläge (frz. *consignes)*
Lantjeger: Polizist, Landjäger
määrterlich: Verstärkungswort, wörtlich «marternd»
nächti: am Vorabend, gestern Abend
näy: nachher (abgeschliffen von *nach·hin)*
pchyyme: sich erholen, gesunden
Potasche: Kochherd (von patois *potajé)*
priiche; Priichi: treffen; Treffsicherheit
Pùfetli: Schränkchen

pyyschte: stöhnen
schommi: schon wieder (verkürzt aus *scho·ùmmi)*
schùsch: sonst
settigs, settiga, settigi: solches, solcher, solche
törffe, taaf: dürfen, darf
Tschuder, tschudere: Schauder, (er-)schaudern
tüeche: erscheinen, dünken
tuuffe: öffnen (von *tue uuf)*
Tùùrli·stock: Hauptpfahl des Weidezauns, an dem das Tor befestigt wird
ùlydig: missmutig, unwirsch
uusgspriitet/verspriitet: verteilt, ausgebreitet, verzettet
verstöberet: verstört, durcheinander
Yysch·rään: Eisregen
zämetschätteret: niedergeschlagen
zcheeret ùm: reihum, in fixer Reihenfolge
zmoonerischt: am folgenden Tag
Zwouf·ender: Hirsch mit Zwölfenden-Geweih
zwùùre: zweimal
zyble: rutschen, gleiten

Entscheide zur Mundartschreibung

Der emeritierte Linguistik-Professor Iwar Werlen von der Universität Bern hat 2010 in der NZZ am Sonntag gesagt: «Schweizerdeutsch ist keine kodifizierte Sprache. Aber dennoch kann man unglaublich viel falsch machen.»

Und als ich daheim klagte, dass es auch bei der Schreibung des dritten Mundartbuchs schwierig sei, das richtige Mass zwischen lautlich präziser Umsetzung der Aussprache sowie Lesbarkeit zu finden *(Röschersche vs. Recherche, Stazyöönli vs. Statiönli, pschtùmti vs. bstùmmti, öifoorisch vs. euphorisch, mit dùm, mit ùm, mitùm* u.v.m.), da sagte meine Erstleserin und Korrektorin Tanja: «Di mùndlichi Spraach isch haut ifach differenzierter, aus di schrùftlichi je cha syy.»

Bei beiden Aussagen geht es nicht nur, aber auch um die Schreibweise. Ich verstehe das so, dass jeder Mundartautor halt Entscheidungen und eigene Regeln braucht, an die er sich dann auch hält. Meine Regeln fussen weiterhin auf Eugen Dieth aus den 1930ern, «Schreib wie du sprichst» und dem Sensler Nachfolgeprojekt aus den 1960ern: «Wie schreibt und liest man Senslerdeutsch?». In Letzterem wurde auch das auffällige *ù* erfunden: ein Laut, der zwischen ü und ö liegt (vgl. *Zù̀ùg* «Züge» vs. *Züüg* «Zeug»). Ausgesprochen wird *ù* wie französisch *les œufs* «Eier» oder *heureux*.

Einige Details haben sich bei mir von Buch zu Buch (und mit dem Alter des Autors) weiterentwickelt. Ich habe viel Zeit aufgewendet, dass im Buch alles immer gleich geschrieben steht (z. B. *schlaaffe* immer mit zwei F, *ùmmi* mit zwei M, immer *ùber,* auch wenn ich selbst oft *ùmi* oder *ùber* sage usw.). Manchmal entscheidet die Lautumgebung: *mues er* vs. *muess daas.* Einzelne Figuren können variieren: So können Ober- und Unterländer oder auch Ältere und Jüngere anders sprechen *(lötschti Nacht* vs. jünger *lösch Nacht).*

Eine Neuerung ist ein halbhoher Punkt, der bei Zusammensetzungen die Lesbarkeit erhöhen soll: *muetergottsseeu·aliinig, Thermos·chrueg, Beruhigùngs·thee, Biss·spuure.* Das Ziel ist: Etwas lesbarer für Auswärtige zu schreiben, ohne dass ich meine Sprache verleugnen muss.

Literatur

Ich habe zahlreiche Sagen von weitherum gesichtet und gelesen. Gerne verweise ich auf die beiden grossen regionalen Sagensammlungen, die für mich sehr hilfreich waren:

German Kolly: Sagen und Märchen aus dem Senseland. Mit Zeichungen von Eugen Reichlen. Paulusverlag Freiburg 1965 (heute 5. Auflage).

P. Niklaus Bongard: Sensler Sagen. Hrsg. von Moritz Boschung. Paulusverlag Freiburg 1992 (vergriffen).

Christian Schmutz bei Zytglogge

Christian Schmutz
D Seisler hiis böös

Erzählung inkl. CD
ISBN 978-3-7296-0953-2

Hörspiel
EAN 7611698043601

«Die Geschichte erzählt von der Berner Übermacht, von den Welsch-Freiburgern und vom erstarkten Selbstbewusstsein der Sensler. Dreh- und Angelpunkt ist eine Sensler Hotline, die in eine böse Verschwörungsgeschichte verwickelt wird. Die Berner können nicht verwinden, dass der Senslerdialekt mit einem Mal beliebter sein soll als das Berndeutsch. Schmutz macht daraus eine satirische Geschichte um Eigenarten und Identität der Sensler.»
Urs Tremp, Schweizer Radio SRF 1

Christian Schmutz bei Zytglogge

Christian Schmutz
Gang ga ggùgge

Senslerdeutsch endlich verstehen
ISBN 978-3-7296-5025-1

Wo verstecken sich die Sensler? Gibt es sie und ihre sagenhafte Sprache wirklich? Ist es womöglich ein totemügerliesk erfundenes Idiom, das absichtlich so viele Kuriositäten enthält? Allerlei Forschende und sonstige Gwundernasen machen sich auf die Suche nach dem Phänomen.

«Der Mann hat die Gabe, seriöse Informationen zu übermitteln, und diese mit einer guten Portion Humor zu durchmischen.»
  Marc-Roland Zoellig, La Liberté

© Charles Ellena

Christian Schmutz

Geb. 1970, Journalist, Schriftsteller, Dialektologe. Der Be-
rufssensler hat das ‹Senslerdeutsche Wörterbuch› erarbei-
tet, zwei historische Romane, ein Oral-history-Buch und
zwei Mundart-Erzählungen veröffentlicht. Seit 2009 steht
er auch als Spoken-Word-Künstler auf der Bühne. Fast alle
seine Projekte drehen sich um die Sensler Sprache und
Kultur oder um die Sprachgrenze. Wohnhaft in Freiburg.
www.christianschmutz.ch / www.gang-ga-ggugge.ch /
www.senslerhotline.ch

Bei Zytglogge erschienen:
2019 «Gang ga gùgge»
2017 «D Seisler hiis böös», Buch und Hörspiel